# J'ai léché le déodorant d'une pute

*suivi de*

# Deux

JIM CARTWRIGHT

# J'ai léché le déodorant d'une pute

*suivi de*

# Deux

*Traduit de l'anglais*
*par*
*Jean-Marc Lanteri*

Editions
Les Solitaires Intempestifs

Coédition
[théâtre gérard philipe
de saint-denis]

14, rue de la République
25000 BESANÇON
TÉL. : 33 (0)3 81 83 30 03
FAX : 33 (0)3 81 83 32 15

ISBN 2-912464-26-9

Ouvrage publié avec l'aide du
Centre National du Livre

*Ce texte a été publié à l'occasion de la manifestation* DU MONDE ENTIER *au cours de laquelle trente-deux textes choisis dans trente-deux pays différents ont été mis en jeux au Théâtre Gérard Philipe de Saint-Denis du 22 juin au 7 juillet 1998.*

Il est doux d'aller à l'autre. La recherche, la traduction et l'édition de ces textes sont le fruit d'une volonté inébranlable qui anime les passionnés : le jeu, la curiosité, l'envie d'apprendre de celui qui n'est pas nous, de l'étrange étranger.

Le choix de ces auteurs est le résultat d'une série de recherches orchestrées par Valérie Lang et toute une toile méticuleusement tissée à l'aide de "têtes chercheuses" que nous remercions.
Ce choix procède bien entendu d'une grande part de hasard et nous en revendiquons la pleine subjectivité. Il s'agissait d'aller au plus près de ce qui s'écrit aujourd'hui, pour le théâtre, ailleurs – sous d'autres latitudes, dans d'autres cultures, à différents moments d'une histoire théâtrale.

*Pour le Théâtre Gérard Philipe*
STANISLAS NORDEY

Cette manifestation a été rendue possible grâce au soutien : de la ville de Saint-Denis - de la convention de partenariat entre l'AFAA (Association française d'action artistique) et le Conseil Général de Seine-Saint-Denis - du Centre National du Livre - du Ministère de la Culture (Département des Affaires Internationales).

*Nous remercions tout particulièrement pour les recherches en Angleterre : The Royal Court, Elisheva Marciano, Josée Schuller, les Éditions Théâtrales, Eric Didry et Rebecca Pauly.*

# J'ai léché le déodorant d'une pute

## *PERSONNAGES*

**Homme**

**Pute**

*L'époque : 1996*

*Le lieu : Un coin de Londres.*

# ACTE 1

*Lumières sur l'homme, assis au coin du lit, seul le coin du lit est visible. Le reste de la scène est plongé dans l'obscurité totale. Il porte un pantalon et un maillot de corps. Il reste assis pendant trente secondes.*

L'HOMME

La moquette était humide. J'avais froid avec mon maillot de corps. J'ai léché son déodorant alors qu'elle avait quitté la chambre, qu'est-ce qui me prend ? Il y avait une cuvette sous l'évier et une bouteille de bière. Elle n'est jamais revenue. Elle a dû prendre l'argent et partir. Je suis resté assis jusqu'à ce qu'il fasse nuit. Ça ne servait à rien. J'ai trouvé le déodorant au milieu de ses affaires : une touffe de cheveux, une boucle d'oreille en plastique, un contraceptif dans son emballage, comme une blatte argentée. J'ai mis le déodorant dans ma poche. Je n'ai pas pris la bouteille de bière. Elle avait peut-être servi à enculer quelqu'un, ce que j'en savais... Je suis rentré à la maison. J'avais léché le déodorant d'une pute.

*Noir.*

*Lumières.*

*Il est adossé à un mur de briques. Les mains plaquées contre son visage. Il parle à travers ses mains.*

L'HOMME

Il faisait nuit noire dehors. Je marchais vite. J'ai heurté un vieil homme qui sortait d'un pub. Il a trébuché. Quelqu'un a crié : « Il y a une tête de nœud ici qui essaie de faire du jiu-jitsu avec Stan. » Quelqu'un a crié : « File-lui un coup de couteau. » Le vieil homme a dit : « Fous-lui un coup de pied au visage, aussi fort que tu peux, ça ira pour moi. » Un Groslard m'a jeté par terre. J'ai vu couler mon sang, argenté au clair de lune, il rampait lentement comme une blatte argentée. Je ne retournerai jamais là-bas. J'ai mis longtemps à rentrer à la maison, toutes les lumières des rues enflaient devant mes yeux. Je ne retournerai pas là-bas. J'ai mieux à faire.

*Noir.*

*Lumières.*

*Il est assis. La télé est allumée, le volume sonore est faible. La lumière de l'écran se reflète par intermittences sur son visage. Il mange des filets de poisson panés et des haricots du mieux qu'il peut, son visage est tuméfié.*

L'HOMME

*(Couvrant le bruit de la télé)*

En montant, j'ai vu qu'ils emmenaient un homme que je connaissais, sur une civière. Ils l'ont trouvé mort dans son appartement, couvert de poussière et de cafards. Je me demandais où il était passé. Quand on se croisait dans l'escalier, souvent il me racontait une blague. Je savais que je n'y aurais pas droit ce soir, mais j'ai traîné, comme d'habitude, jusqu'à ce qu'il soit parti. Ils ne savent pas s'il a été tué ou s'il s'est tué, s'il a été tué ou s'il est mort. Comment ils veulent qu'on s'en sorte tout seul ? Même pour moi, c'est dur, et ma maman m'a appris à faire la cuisine et à me laver les couilles. Et qu'est-ce qu'elle penserait de son seul et unique, si elle savait que j'ai léché le déodorant d'une pute.

*Noir.*

*Lumières.*

*Il est dans un pub, debout. Un verre de bière à la main.*

Je bois vite ce soir. Mon œil droit a encore la tremblote après le coup de pied du Groslard, et ma bière, je la sens qui coule dans des boyaux tordus. Une strip-teaseuse fait son numéro bientôt. Je la regarderai d'ici. Dans cette boîte, les gens ne font pas de raffut quand les filles se déshabillent, ils restent calmes. Comme s'ils te la passaient en revue. Je ne sais pas ce qui m'a passé par la tête chez cette pute. Je vis seul. Je regarde les photos des jeunes femmes, sur les publicités. J'en vois aussi dans le journal. J'ai un vieux magazine sous le lino. Et parfois, le soir, au lit, il me tombe dessus des envies de sexe, c'est comme un manteau que je ne peux pas enlever. Est-ce que c'est ça, ou juste le ruisseau, le ruisseau de ma vie qui m'a fait ruisseler jusqu'à elle, qui a fait tomber ma langue si bas ?

*La musique du strip-tease commence. Son regard devient vide. Jeu des lumières colorées sur son visage. Un soutien-gorge lui est jeté au visage, il le met dans sa poche.*

*Noir.*

*Lumière sur un mur de briques.*

L'HOMME

*(Ivre)*

A la santé de mon ami, le blagueur de l'escalier. C'est là qu'il nous les racontait. Je l'aimais bien parce qu'il était plus triste que moi. Parce que derrière toutes ses blagues, il savait, lui, que la solitude nous écrase, nous écrase, nous écrase. N'importe qui aurait pu deviner qu'il était malade. Il était maigre. Il portait toujours les mêmes vêtements. Il avait une allure de diarrhée. Costume marron, cravate marron, chemise sale. On s'arrêtait dans l'escalier. Il me racontait sa blague. Je l'entends encore en écho dans l'escalier, le rire des hommes vides contre la pierre.

*Noir.*

*Lumières.*

*Il se trouve dans une boîte de nuit, au milieu de lumières aveuglantes. On passe du hip-hop. Il se tient debout pendant trente secondes.*

*Noir.*

*Lumières sur lui assis à un tabouret de bar, dans la même boîte de nuit, mais la musique est plus lointaine.*

L'HOMME

Je n'y ai pas cru. J'ai vu la pute. D'abord j'ai eu peur, j'ai cru qu'elle allait venir vers moi et me dire : c'est toi qui a léché mon déodorant. Mais elle ne m'a même pas reconnu. Alors j'ai voulu aller vers elle et lui dire quelque chose. Lui montrer qui j'étais. Lui faire savoir une fois pour toutes que je ne retournerai jamais là-bas. J'ai mieux à faire.

*Il prend son verre. Se dirige dans sa direction.*

*Noir.*

*Lumières.*

*La chambre de la pute.*
*Même dessus de lit. Il est assis au coin du lit. Encore en costume, la cravate dénouée, regardant fixement.*

L'HOMME

Elle m'a ramené chez elle,
Encore une fois.

Elle m'a quitté.

*Un temps.*

Encore une fois.

*Trente secondes passent.*

*Il sort le soutien-gorge de la strip-teaseuse de la poche de son manteau. De l'autre poche, il sort le déodorant. Il enduit l'intérieur du soutien-gorge de déodorant. Puis il porte le soutien-gorge à son front, l'attache autour de sa tête.*

*Il est assis en costume, le soutien-gorge masque son visage, et il pleure, il pleure, il pleure.*

*La pute, contre le mur de briques.*

LA PUTE

Je l'ai quitté.
Encore une fois, j'ai pris son argent. Deux fois en une nuit. Pauvre connard. Je ne me fais pas de souci, je sais qu'il partira sans faire d'histoires. Combien de temps on pourrait tenir dans cette chambre ? L'odeur. Le papier sur les murs, un millier de minuscules roses, rose de con, décolorées comme si on avait craché dessus. La surface du plafond comme la lune de sperme. La moquette, elle me fait penser à de la bouffe de fast-food indien. Je l'ai dans la tête, toujours. Toutes mes pensées y vont, toutes mes pensées en viennent, et même quand je dors. Seul mon oncle, le Docteur Crack, la fera exploser, dans un orage de blanc, en minuscules pétales de rose roses.

*Elle fait un pas hors de la lumière.*

On fait affaire, Sir ?
20 livres pour une passe.
15 livres pour une pipe.
10 livres pour un petit coup de main.

*Noir.*

*L'homme est toujours assis sur le lit. Le soutien-gorge masque son visage. Il respire bruyamment et avec difficultés. Il parle.*

L'homme

Ma mère prenait soin de moi, enfin je crois. Mes chemises étaient toujours pliées avec soin. Elle m'apportait des roulés à la confiture devant la télé. Mon père buvait et il est parti. Nous vivions dans un vieil appartement. Des murs badigeonnés. Des chiottes qui dataient de la dernière guerre, avec une chaîne. Quelquefois je rêve que je tire sur la chaîne. Est-ce qu'il y avait des fenêtres ? Il devait y en avoir.

*Noir.*

*Lumières.*

*La pute est assise dans un fauteuil, au pub. Un verre à la main.*

La pute

J'aurais bien besoin d'une dose maintenant mais je n'arrive pas à trouver le Groslard, il n'est pas au pub. Il n'est pas au restau indien. Une sueur froide me dégouline de partout et mes yeux s'enfoncent dans mes orbites, je le sens. Mais une fois que je suis à l'horizontale, qui est-ce qui va y regarder de plus près, et le nombre de passes que j'empile... Groslard, où es-tu si tu n'es pas en train de manger et de boire ? Groslard ! Partout il y a du travail pour les gens entreprenants. Je viens de me faire un billet de dix livres. J'ai glissé ma main sous la table et je lui ai tiré un bon demi-panaché. Il me regardait comme s'il jouait avec la machine à sous. Certaines personnes me dévisagent ici et elles savent bien ce que je suis en train de faire. D'autres pas du tout. Tu te sens un peu en vedette.

*Noir.*

*Lumières.*

*L'homme, le soutien-gorge masque toujours son visage.*

L'HOMME

A l'école, je ne me suis jamais intégré. La seule fois où je me suis fait remarquer, c'est quand j'ai mouillé ma culotte en plein cours. Après ça, ils m'ont fait asseoir à côté des témoins de Jehovah. A la récréation, tout le monde courait autour de moi, je restais immobile. La vie continue à passer comme ça, avec des visages en accéléré, ici et là, tout autour de moi. Notre appartement était humide. Nous n'avons jamais déménagé. Nous restions entre nous. Nous avions quand même un visiteur occasionnel. Nous avions un parent. Oncle Cibiche. Nous n'avions que deux disques, le premier de Kathy Kirby, le second de la musique militaire. Mais nous avions la télé. Nous étions assis là, dans sa lueur, tous les deux, on était comme dans un tableau, la même consistance. Je pouvais toucher la lumière et l'obscurité, passer mes doigts à la surface.

*Noir.*

*La pute, de nouveau contre le mur de briques.*

LA PUTE

Je rencontre des hommes, personne ne rencontre autant d'hommes que moi, mais je suis seule comme du sperme qui meurt sur un con. Je ne parle jamais aux femmes. Après le travail, je pars de cette usine à baise et je rentre à la maison. Mon Oncle Crack est déjà perché sur mon épaule.

*Elle passe dans l'obscurité, s'approchant d'un client.*

Tu me baises pour 15 livres.
Je te suce pour 10 livres.
Je te branle et je te touche pour 5 livres.

J'ai une chambre.

*Elle revient dans la lumière.*

Va te faire foutre. Peut-être qu'il s'est approché de trop près et là il a vu ma peau.

*Noir.*

*Lumières.*

*L'homme toujours sur le lit, le soutien-gorge masque son visage.*

L'HOMME

Mon premier costume, c'était un costume d'occasion. Comme un drapeau en berne, mais maman l'avait bien repassé. Je l'ai porté pour les funérailles de l'Oncle Cibiche. Il a laissé vingt livres en héritage à maman. On s'est payé un dîner avec des frites et du poisson. Elle m'a donné un billet de cinq livres. Je me suis acheté un disque, des tubes d'enfer, et de l'eau de Cologne, pourquoi est-ce que je sortais jamais bordel. J'ai dû me dire que les filles viendraient la renifler à domicile. J'ai dû en mettre quand je me regardais dans le miroir, quand j'écoutais les tubes d'enfer; j'étais en maillot de corps et en slip, je les imaginais.

*Noir.*

*Lumières.*

*Elle est toujours contre le mur.*

LA PUTE

Je l'ai trouvé, ce Gros... Mais maintenant il me met sur le gril. Il me dit d'attendre, qu'il va revenir, mais quelquefois il ne revient pas. Il me dit, tu peux en avoir, mais il faut que tu payes, et moi et le vieux Stan, on pourra te niquer. J'ai dit : ce que vous voulez. A un moment il me prenait quand il voulait, maintenant il ne le fait presque plus. Dieu merci. Il a une queue abominable, toute bleue, pleine de bosses, luisante comme un cartilage de poulet, et pointue, pointue comme un coude.

GROSLARD ! GROSLARD !

Il peut toutes nous baiser, nous les putains, comme il veut, il a toute une rangée de cons à la va comme je te baise. Il a des appartements, des garages bourrés de camelote, encore dans des cartons. Il a le cul doublé d'or. Il dit qu'il déteste les junkies, ils lâchent tout trop facilement, ils te rendent la vie si douce qu'elle en devient merdique. Il cherche à y mettre plus de piment, alors il va chasser avec sa meute d'hommes-chiens. Il a chopé ce pauvre salaud ce soir, juste devant le pub, j'ai tout vu. Il l'a jeté par terre, ça lui a fait une tête comme de la charlotte aux fraises, après il t'en a fait une foutue marmelade à coups de pied.

*Noir.*

*L'homme immobile sur le lit. Le soutien-gorge sur le visage. Il respire plus difficilement.*

L'HOMME

Elle m'a quitté un samedi après-midi. Je ne savais pas, je pensais qu'elle faisait la grasse matinée. Je suis monté, après le catch. Je l'ai touchée, elle était froide. Le bout de mes doigts est encore froid. *(Il s'arrête)* Après je ne me sentais plus de sortir. J'ai arrêté de me laver. De me raser. Tout. J'ai vécu de filets de poisson panés. J'en ai tellement mangé, je sentais la panure qui s'accrochait à mes intestins comme du gravier, je sentais mes os noyés sous cette masse de poisson mort. Le mur me fixait, je fixais le mur, mais ni lui ni moi n'avons fait un geste. Après l'hôpital, ils m'ont forcé à déménager. Ils m'ont dit qu'il avait fallu cinq hommes pour vider l'appartement des vieux journaux. Et un jour pour dégager le sol de la cuisine. Mon appartement, je n'ai jamais rien ajouté, je n'ai jamais rien enlevé. Le fauteuil, présent. Le lit, présent. La télé, présente. La cuisinière avec deux brûleurs et un gril, présente. Une table en formica, présente. Une chaise, présente.

*Noir.*

*Elle se tient toujours devant le mur.*

LA PUTE

Les pubs ferment, ça va être la ruée. Je vais me retrouver sur le dos, décollage immédiat pour la lune de sperme.

GROSLARD ! GROSLARD !

Eux aussi ils s'embarqueront, les hommes de notre domaine. Les snobs qui te baisent comme s'ils découpaient un poisson. Les ivrognes qui te niquent juste deux centimètres entre le cul et le con et s'en rendent pas compte. Les mecs lents qui regardent partout avant. Les hommes d'affaires qui veulent faire leurs besoins sur toi.

*(Chanté avec désespoir sur l'air de Batman)*

GROSLARD ! GROSLARD ! GROSLARD ! GROSLARD !

Doigts, mains, poings, bouteilles de bière, ils y mettraient le feu s'ils pouvaient, ils ont lynché mon con. Il pend comme du tissu. Vous pouvez en faire ce que vous voulez, je ne sentirai rien, je dis toujours oui à tout.

*(Chanté avec toujours plus de désespoir sur l'air de Batman)*
GROSLARD ! GROSLARD ! GROSLARD ! GROSLARD !

Cher Oncle. Je veux que tu me suces doucement la cervelle. Je veux que ton baiser sucré danse sur mes veines. Je veux que ta brise me dévaste. Oui que ce crack-là me transperce. Un vrai boulet de canon. Qu'il fasse exploser les murs, en roses roses. Occupe les rues. Roule-moi dans les étoiles arrachées. Délivre-moi du mal. Sois mon ami.

GROSLARD !!!

*Noir.*

*Lumières.*

*L'homme immobile sur le lit.*

L'HOMME

Je le vois, le blagueur mon ami, recroquevillé dans un coin de sa cuisine. Il a encore son manteau et son costume, ou alors il est en pantalon et chemise, avec une chaussure en moins. Et le sol de la cuisine est sale, il a les joues collées dessus, et il y a une cuvette sous l'évier, et il y a un paquet de lessive, et il n'y a personne, et la télé reste allumée pendant des jours et des jours, et à travers la nuit, cela fait comme une lanterne magique qui roule sur sa nuque morte, les émissions défilent, et cela recommence, encore et toujours, et lui il est exactement pareil, mort dans le coin, ou c'est moi !

*Noir.*

*Lumières sur la pute.*

LA PUTE

Ils sont revenus. Ils m'ont suivie dans l'escalier. Le vieux Stan avait pratiquement la tête dans mes jupes. Alors nous sommes entrés dans la chambre. Je ne pouvais pas en croire mes yeux, l'homme était toujours là, mais le visage complètement recouvert par un foutu soutien-gorge. Je crois qu'il étouffait. Il y avait même des bulles de salive qui sortaient du soutien-gorge. Ça puait le déodorant et il coulait sur ses joues comme de la lave. Vous pensez peut-être que j'ai crié mais j'ai juste regardé. Peut-être qu'on aurait dû lui faire du bouche à bouche mais le Groslard lui a juste tailladé la face d'un coup de couteau. Le sang a jailli en un éclair sous le déodorant et lui a maculé les joues. Il a poussé une espèce de gémissement, mais si faible qu'il semblait à des milliers de kilomètres.

Je voulais le faire sortir.

Le Groslard a dit qu'il enverrait quelqu'un. Nous sommes redescendus. Ils sont partis de leur côté. Je suis retournée devant le mur.

*Noir.*

*Lumières sur l'homme, le soutien-gorge masque toujours sa tête. Il a le visage tailladé, le sang coule de la blessure.*

*Il chante et fredonne douloureusement « Solitaire ».*

*Noir.*

*Lumières sur la pute, simultanément.*

*Devant le mur de briques, elle danse frénétiquement, elle danse semble-t-il sur cet air.*

*Puis on entend la véritable chanson, diffusée sur scène jusqu'au noir.*

*Noir.*

## ACTE 2

*L'homme gît au pied du mur. Il saigne après avoir été battu, une cuvette sur sa tête. La pute erre çà et là, complètement défoncée.*

LA PUTE

*(A elle-même, au public)*
Je suis une putain shootée au crack, regarde mes fesses, qu'est-ce que tu vois ? Que je suis pleine d'énergie.

Je reconnais cette cuvette.

*Elle l'enlève de dessus la tête de l'homme.*

Pas la peine maintenant.

Le soutien-gorge rembourré tombe sur le sol, rempli de sang et de déodorant. Elle voit l'homme. Il a les yeux fermés, manifestement les yeux lui piquent et lui font mal. Il est couvert de sang séché.

LA PUTE

Ah c'est encore toi. C'est la troisième fois qu'on se rencontre, tu sais ? Et si on devenait amis ? Si on devenait comme une famille tous les deux ? Viens ici.

*Elle le met debout.*

Mets-toi là maintenant.

*Elle l'adosse au mur.*

Mets-toi là.

*Il glisse par terre.*

Oh. Oh toi.

*Elle le relève, le plaque contre le mur, se retourne face public, le maintenant en place par la pression de son postérieur.*

Au fait, c'est quoi ton nom ?
*Pas de réponse*
Hum. A moi, personne ne me dit jamais son nom, ou ils mentent. Moi aussi, j'ai eu des centaines de noms. Andorra, Lucy, Kissy. Leurs noms : Joe. Ted. Bert. Mr Cavendish. Ils mentent. Je leur dis toujours : c'est quoi ton nom, ils mentent. Après, ils m'appellent : Baise. Salope. Con chéri.
Mais toi « Trois fois » tu peux m'appeler par mon nom :
Tu peux m'appeler... ?
Tu peux m'appeler... ?
Tu peux m'appeler... ?
C'est quoi ce foutu nom ?
J'essaye de me souvenir. La bouche de ma mère, qu'est-ce qu'elle disait ? Mon papa était là. Maman était là. Ils sont bien là, les deux plus beaux salauds de la terre.

Après, qu'est-ce qui s'est passé ? Je suis venue en ville. Un homme m'a prise et m'a montré avec ses mains. L'argent ne changeait pas de mains, moi je passais de main en main.
Il m'a truandée. Est-ce qu'il me donnait un nom ?

*Elle se tourne vers lui, lui adressant la question. Il glisse au pied du mur, elle le rattrape, le cale contre le mur. Elle le maintient debout d'une main, le regarde.*

Au fait est-ce que, par hasard, tu connais le Groslard ?

*Elle lui tourne le dos et de nouveau le maintient debout en pressant son postérieur et son dos contre lui.*

Je voudrais que tu le voies, le Groslard. Je voudrais que tu le voies, le Groslard, les petits camés au crack, ils viennent à lui comme des réfugiés des années quatre-vingt-dix mais ce foutu d'Harpagon a un revolver. Je voudrais que tu le voies, le Groslard. Rien que du lard, un visage tout lardé de lard, un cou épais comme une cuisse, et son ventre qui déborde sous son tee-shirt marron. Je voudrais que tu le voies, je voudrais que tu le voies comme dans mon rêve, avec une centaine de drogués qui fondent sur lui, dans le style Moby Dick, le griffant, foutre on va se le manger, alors il s'élève et il s'abat comme une grande baleine blanche, il monte au ciel et il retombe à terre, et il nous emmène avec lui jusqu'à ce qu'on le dépèce et qu'on lui arrache le cœur, un blanc minerai de crack taché de sang. Il dit qu'il hait les junkies, qu' il hait les putes, il hait les mains sanglantes qui le nourrissent, il aime (*elle adopte une garde de boxeur vieille école et joue des poings*) les assauts scientifiques, à poings nus, le vendredi soir, il court après la castagne *(elle se castagne avec l'air, puis se tourne vers lui, tendrement),* il t'a frappé mon chéri. Allez, on va retourner chez toi.

*Elle lui prend le bras, comme s'ils allaient partir, jette un coup d'œil d'un côté et tombe en arrêt. Elle a vu un client potentiel.*

Eh, eh, on fait affaire ?

*Elle sort de la lumière pour entrer dans l'obscurité. Il s'écroule sur le sol, assis, les jambes écartées.*

*Derrière le mur, on l'entend faire une passe avec son micheton.*

*Devant, l'homme commence à chanter les chansons de Kathy Kirby.*

LA PUTE

Tu paies avant. Ici tu paies avant, mon gars. Sors-la.
Mets-en un si tu veux. C'est plus cher si tu n'en mets pas.
Allez maintenant, allez.
D'accord, je te la suce, je te la suce, amène-la, foutre tu te décides.
*La bouche pleine*
Appuie pas sur ma tête. Appuie pas sur ma tête.
*La bouche libre*
Appuie pas sur ma tête.

Voilà.
Non, attends je me tourne.
Vas-y. Vas-y. Mets-la-moi. Là ! Là ! C'est ça. Tu y es.
Baise-moi. Vas-y. Baise-moi. Baise-moi. Vas-y. Oui.

Oui. Ah t'es sorti du trou. Laisse-moi faire, ça ira plus vite. Tu te tiens tranquille foutre. Allez. Allez. Ah. Ah. Ah. Ah. Ah. Ah. Ah. Ah. Ah ah ça y est presque maintenant ah ah ah. Voilà ah ah ah.
C'est ça.
*C'est terminé.*

Voilà.

*Elle a une quinte de toux.*

*L'homme au premier plan chante toujours des chansons de Kathy Kirby.*

*La pute réapparaît. Elle crache.*

LA PUTE

C'est le crachat de la putain.

*Elle le prend par le bras.*

En boîte d'abord, puis chez toi.

*Elle le hisse sur ses pieds.*

*Noir.*

*Lumières.*

*Ils sont en boîte, les lumières flashent, il y a de la fumée, de la « Rave » music.*
*Elle le fait tournoyer comme une toupie, puis le lâche, il va heurter du dos un miroir.*
*Elle continue à danser. Elle le tire loin du miroir, danse avec lui, puis le projette à travers la pièce jusqu'à une*

*chaise. Elle danse devant le miroir, regardant son reflet. Elle sort un tube de rouge à lèvres de sa poche et écrit en travers du miroir : « Quel est mon nom ? »*
*Elle se retourne face à l'homme, danse, puis se dirige vers lui, le prend par la peau du cou et l'entraîne vers la sortie toujours en dansant.*

*Noir.*

*Lumières.*

*L'appartement de l'homme.*

*Elle fait asseoir l'homme dans le fauteuil.*

LA PUTE

Assieds-toi.
Je vais fouiner tout autour, voir si tu n'as rien de caché sous le lit. Je suis un peu fauchée tu comprends. Tu veux que je te fasse une petite démonstration de mes talents sexuels. Je vais fouiner dans le noir, il doit bien y avoir quelque chose.

*Soudain elle descend rapidement en direction de la rampe. Elle remonte. Puis sort de la pièce.*

*Des coulisses :*
Comment ça se fait qu'il y a tous ces moutons sous le lit, comme dans un sac d'aspirateur. On a l'impression de mettre la tête dans un sac d'aspirateur. Il y a le programme télé avec une frite collée dessus. Il y a un ouvre-boîte. Il y a des tiroirs avec un manteau de femme roulé en boule. Il y a une boîte de conserve avec une tomate pelée au fond et sur cette tomate il y a du vert. Il y a une boîte, avec des pipes dedans. Une

botte en caoutchouc. Et là sous le lino ? Un bouquin de cul. Tes vêtements sont épais, de couleur sombre, ils sont froissés. Rien d'intéressant là-dedans. TU N'AS PAS UNE BOITE DE BISCUITS avec de l'argent dedans ? TU N'AS PAS UN BAS DE LAINE ? Et là sous l'évier ? Une cuvette.
Rien d'intéressant à chourer.

*Elle revient sur scène.*

Rien d'intéressant à chourer.
Je ne vais pas te laisser ici, allez.

*Noir.*

*Lumières.*

*L'espace obscur.*
*Rien que de l'obscurité autour d'eux. Elle le soutient. Le bruit d'un train qui passe au-dessus d'eux, très fort, puis disparaît. Le bruit de l'eau qui coule, le bruit du vent.*

*Elle le soutient.*

LA PUTE

On s'engage pour de vrai tous les deux, tu me légitimes devant Monsieur le maire ?
J'espère pas grand-chose de toi, mais va pas courir les filles.
*Elle regarde autour d'elle.*
Tous les deux dans l'espace obscur.

Elle dégage son buste du chemisier.

Regarde mon soutien-gorge.

*Il a un long long regard. Elle se rajuste.*

*Au public :*
Regardez-nous. Vous ne savez pas à quel point c'est noir ici, moi je sais.

*Elle laisse échapper un cri.*

Je n'ai pas besoin d'une psychothérapie pour trouver les causes. Je les vois chaque nuit. C'est comme un coup de poing dans les narines et un coup de botte jusqu'au fond du cœur, et un autre dans le derche.

Et après ça, chaque nuit, tous les hommes viennent s'étaler sur moi - de tout leur poids. Les Chinetoques pervers qui mettent des siècles à jouir. Les mecs du nord, l'air renfrogné, avec leurs foutues casquettes de bouseux. Les juifs stressés comme des diables à ressort. Les moricauds vieux et lents, comme du chocolat à croquer. Les Irlandais, foutus d'idiots. Les Gallois, foutus idiots. Les affreux Cockneys, avec leur mordant, et tous les soirs, tous les soirs, les Pakistanais. Je n'ai pas de préjugés. Je hais tous les hommes pareil. Ils en prennent tous pour leur grade.

*Un temps.*

Attends un peu, mon esprit m'a quitté.

*Un temps.*

Il est revenu.

J'ai oublié de parler des députés, des juges complètement beurrés et de tous les petits menteurs. J'ai oublié de parler des prêtres qui viennent pour une branlette, des queues qui sont là brusquement, tu sens un champignon dans l'obscurité à côté de toi. Je n'aime pas les religieux, ils ont les doigts trop gourmands, ton corps, pour eux, c'est comme un plateau de petits fours. Eux aussi ils mentent. Et puis ils sont comme de la viande de porc. Et puis ils ont des grands caleçons.

*Un temps.*

Elle descend jusqu'à la rampe, délaissant l'homme qui s'écroule lentement.

*Au public :*
Et si on veut me faire péter la rondelle ? C'EST OUI.

*Elle revient. A temps pour le rattraper avant qu'il s'écroule complètement.*

*Un temps.*

Ça revient ! La moquette, le plafond, les roses à la con, le papier peint est passé derrière mes paupières, ma pupille se nourrit du papier peint. Le motif va me couper l'œil en deux, les coins se décollent et ils sont bien aiguisés. Je ne peux pas retourner là-bas. Je ne peux pas ! *(Elle se prend la tête dans les mains, elle a l'air désespérée).* Mais attends, je ne suis plus seule. *(Elle le regarde.)* Merci. Tu comprends, il faut que je garde l'Oncle près de moi, mais l'Oncle disparaît. L'Oncle me tombe dessus, il me met gifle sur gifle, et puis il s'en va. Bien sûr il est malin, il me garde sous perfusion, il y a toujours un lien entre lui et moi, entre moi et lui : il y a toujours un écho, une brûlure, une goutte d'eau qui tombe, ou un rat qui mastique, ou chaque matin un fil électrique dénudé qui fouette à travers la pièce, à travers tout ton corps, à travers ce tas de gelée en larmes.

*Un temps.*

ATTENDS MON ESPRIT M'A QUITTÉ.

*Un temps.*

Attends mon esprit m'a quitté.

*Un temps.*

Il est revenu.

On s'en va, loin de cette obscurité.

*Noir.*

*Lumières.*

*Chez la pute.*

*Elle le porte en utilisant la technique des pompiers, le met debout sur ses pieds et l'étale sur le lit.*

LA PUTE

C'est toi qui devrais me prendre dans tes bras pour franchir le seuil, et pas le contraire. Voilà, voilà. Installe-toi sur la chaise amortie et défoncée là, et regarde.

*Elle le fait asseoir.*

*Elle exécute une petite danse.*

Je pourrais faire une petite séance de sexe rien que pour toi. Et quoi après. La moquette, c'est de la pure laine tondue à ras, mais les coins sont détrempés. Je me lave dedans parfois. Ecoute, ça c'est un cafard, ça c'est une souris, c'est la seule musique ici, je regrette. Et tout ce que les murs rendent, c'est un soupir. Maintenant il faut que je me prépare. Chante pendant ce temps, allez, ou alors je te botte le cul si fort qu'il te remonte jusqu'aux dents, et puis je te ratatine le crâne façon sculpture moderne, tu m'entends, con.

*Elle lui met un coup de poing dans l'œil.*

*Puis elle l'embrasse.*

Notre première dispute.*(Elle s'éloigne)* C'est chouette quand on se réconcilie.
Chante moi quelque chose, allez.
*Il chante une chanson de Kathy Kirby.*
Je vais aller travailler.

*Il chante.*

*Elle se prépare, on la voit se maquiller, défroisser ses vêtements, se mettre du déodorant. Elle le lui met sous le nez, il s'arrête de chanter et lèche la bille. Il recommence à chanter.*

*Elle a terminé de se préparer, il s'arrête de chanter.*

Je m'en vais loin d'ici.

*Il commence à pleurnicher.*

C'est pas vrai. Tu t'es habitué à moi, n'est-ce pas ?

Il faudra peut-être que je ramène des clients, pour certains ce sera derrière le mur, pour d'autres ce sera sur le chemin, pour certains, je les ramènerai ici, il y en a même qui sonneront à la porte, peut-être.

Salut.

*Noir.*

*Lumières.*

*L'homme vit à présent sous le lit.*

L'HOMME

Maintenant je vis sous son lit. Il y a de gros moutons sous le lit, il y a plein de choses, des capotes, des grouillements, le déodorant tout sec, d'autres créatures. Ça fait de la compagnie. Au-dessus, le ciel de lit de la putain. Je fais mon possible pour rester calme et immobile, je fais de mon mieux. Elle sniffe et les restes de poudre flottent jusque sous le lit. Le sucre vole, le sucre vole, il passe à travers les moutons et me vient sous le nez. Quand vous êtes sous le lit avec l'Oncle, sans pouvoir bouger, votre esprit doit s'ouvrir à lui. Vous êtes emprisonné dans un bloc rigide, mais toutes les particules de votre corps sont électrisées. Quelquefois les ressorts du lit sont comme un gril au-dessus de moi. D'autres fois ils sont glacés de sucre. Quelquefois j'ai froid. Je suis en transes au milieu des moutons. Quand le matelas rebondit et qu'il manque m'écraser le visage, je me dis que ça fait de la compagnie. Et puis nous nous parlons, comme des marins allongés sur leurs couchettes, nous partageons des secrets. Son clitoris, elle l'appelle : nœud de cendres. Elle a des côtés durs, elle a des côtés tendres, elle me file un coup de coude et je chante pour elle, Kathy Kirby. Quand j'étais adolescent, j'avais toujours des tas de vêtements, des tas de vêtements, des trucs enfilés par-dessus d'autres trucs. Des épaisseurs élastiques. Des maillots de corps. Maillot de corps, tee-shirt, chemise, chandail de laine, anorak. Les gens autour de moi ressemblaient à des papillons. Moi j'étais toujours en marron ou en bordeaux, et puis quelquefois, sans raison, je mettais un chandail jaune vif sous le chandail marron. Ma mère m'habillait. La seule fois où je me suis approché d'une femme, je lui ai frotté le dos avec une éponge. Oh cette peau blanche sur l'os. Oh cette peau blanche sur l'os. Elle se plissait tout doucement sous mes doigts comme le papier d'emballage autour d'un poulet congelé. Si je pleure, je sais que mes larmes seront grises comme l'eau de son bain. Je me suis trouvé une niche, sous les ressorts rouillés. Je comprends la vie maintenant, je comprends la vie chaque fois que je reçois une capote pleine sur le visage.

Et je respire les flocons de neige qui battent de l'aile sous mon nez.

Elle me file un coup de coude et je chante pour elle.

J'entends tout ça.

*Fin*

# Deux

*Deux* est conçu de sorte que deux acteurs jouent tous les rôles. Le décor consiste en un comptoir de pub, et tous les verres, pompes, caisse enregistreuse, doseurs, etc., sont mimés comme le sont du reste les clients du pub auxquels s'adressent les acteurs. A certains passages de la pièce, il est possible d'inclure certains spectateurs, si la mise en scène le juge approprié.

L'action doit se dérouler sans interruption d'une scène à l'autre, par conséquent les costumes doivent être réduits au minimum, ou les changements de costume rapidement exécutés.

*PERSONNAGES*

Le Patron
La Patronne
Une vieille femme
Moth
Maudie
Un vieil homme
Monsieur Iger
Madame Iger
Leslie
Roy
Fred Alice
Une femme
Un petit garçon

*L'action se déroule sur une soirée, dans un pub, dans une région du nord de l'Angleterre.*

*L'obscurité. Soudain, lumières sur le patron et la patronne, ils travaillent derrière le bar et servent les clients.*

LE PATRON. – Et voilà mon chou, deux pintes. Merci.

LA PATRONNE. – Qu'est-ce que c'était déjà ? Un mousseux et deux brut de pomme.

LE PATRON. – Et vous Monsieur, une pinte et un demi de blonde.

LA PATRONNE. – C'était bien un mousseux, n'est-ce pas ?

LE PATRON, *du bout des lèvres.* – Tu t'en occupes.

LA PATRONNE. – Va te faire mettre. *(Au client)* Et voilà mon chéri.

LE PATRON. – Merci. Et vous qu'est-ce que vous buvez ? *(A quelqu'un d'autre)* Je suis à vous dans une minute.

LA PATRONNE. – Merci. C'est chouette de vous revoir tous les deux. Oui.

LE PATRON, *en train de servir.* – Euh, tu peux t'occuper de ce type mon chou ?

LA PATRONNE, *toujours au client.* – Oui mon adoré, salut. *(Au patron)* : Hein ?

LE PATRON. – Là mon chou, des clients, assoiffés. *(A voix basse)* Tu te bouges femme.

LA PATRONNE. – Rien à foutre. *(Au client)* Oui mon chou, qu'est-ce que je peux faire pour toi ?

LE PATRON. – D'accord, avec de la glace ?

LA PATRONNE. – Désolée, plus de cerises.

LE PATRON, *à la patronne.* – Et ça en bas, qu'est-ce que c'est, espèce d'empotée, bigleuse.

LA PATRONNE. – Vous n'avez qu'à prendre une blonde à la place, OK. *(Au patron)* Fais pas le malin avec moi Cochonnet.

LE PATRON. – Oh. Tenez. Merci.

LA PATRONNE, *à quelqu'un qui s'en va.* – Salut. Quoi ? Oh...

LE PATRON, *la regardant méchamment, puis au client.* – Ravi de vous revoir, qu'est-ce que ce sera ? Vin blanc et Bacardi.

LA PATRONNE. – Deux doubles Drambuies, bon bon. Bordel, c'est où ça déjà ?

LE PATRON. – Là ! Là ! (*Il s'aperçoit qu'il crie, et il se retourne en riant vers les clients. A la patronne)* Tu auras ma peau.

LA PATRONNE. – Si seulement c'était vrai.

LE PATRON. – Occupe-toi du service.

LA PATRONNE. – Je m'en occupe, je m'en occupe, et je continuerai si tu ne fourres pas ton sale nez dans mon travail.

LE PATRON, *au client.* – Oh pardon. Qu'est-ce que c'était au fait ?

LA PATRONNE, *elle éclate de rire en l'entendant, il lui lance un regard noir. Au client.* – Deux double Drambuies pour vous.

LE PATRON. – Un vin blanc et un Bacardi. Pas dans le même verre, j'espère.

LA PATRONNE, *commentant la plaisanterie.* – Oh mon Dieu.
*Servant le client*
Tiens mon chou. Merci.

LE PATRON. – Eh mon chou tu veux bien m'attraper un Bacardi de là où tu es.

LA PATRONNE. – Où ? Ah oui.

*Elle s'accroupit pour le prendre. Il se baisse lui aussi. Ils sont tous les deux hors de vue.*

LA PATRONNE. – Ouye.

LE PATRON, *se relevant*. – Et voilà.

LA PATRONNE, *elle se relève en se frottant les côtes*. – Petit cochon. Ouye. Je vais pas te rater. *(Au client du bar)* Oui. Ah voilà l'heureux couple. Qu'est-ce que vous désirez ?

LE PATRON. – Alors on a dit quatre Grolshes, deux Budweiser, et un paquet de cacahuètes.

LA PATRONNE. – Deux verres de blanc, que c'est gentil. Vous n'avez pas pris beaucoup de couleurs.

LE PATRON. – Tenez, vos désirs sont des ordres.

LA PATRONNE. – Tenez, offerts par la maison.

*Le patron fait un demi-tour et lui jette un regard irrité.*

LA PATRONNE. – Eh oui c'est dans ce pub que vous vous êtes rencontrés, n'est-ce pas ? Oui. C'est gentil, c'est gentil. A plus tard.

LE PATRON, *à la patronne*. – Offert par la maison. C'est gentil, c'est gentil.
*Soudain il se rend compte que le couple lui fait signe de la table.*
Quoi ? Oh félicitations. Ah, tout le plaisir est pour nous.

LA PATRONNE. – Ordure.

LE PATRON. – Enflure.

La Patronne. – Chameau.

Le Patron. – Vieille peau.

La Patronne, *s'adressant à un client.* – Deux whiskies, c'est bien ça ?

*Elle marche sur le pied du patron.*

Le Patron. – Ah. Oh.

La Patronne. – Oh Chéri, ça va, mon chou ? Il devrait se reposer un peu, je n'arrête pas de lui dire. Bon alors deux whiskies.

Le Patron, *distrait par un client.* – Un brandy et un cidre, voilà vous êtes servis. Pas dans le même verre j'espère. Ah.

*La patronne fait une moue de dégoût.*

La Patronne, *prenant la monnaie.* – Deux livres zéro cinq. Merci.

Le Patron. – Voilà votre brandy, on va aller chercher le cidre, si Dreu le veut.

La Patronne. – C'est mauvais. Mauvais.

Le Patron. – Je vais le devenir. Je vais le devenir.

La Patronne. – Pardon ? *(elle se tourne dans la direction du client)* Ah c'est vous, comment allez-vous ? Je me demandais quand vous alliez passer.

LE PATRON. – Deux livres cinquante. C'est gentil.
*A la patronne qui passe devant lui.*
Arrête de te ridiculiser, tu pourrais être sa grand-mère.

LA PATRONNE. – Tu veux la même chose qu'hier ? Oh petit farceur. Bon, sérieux maintenant, fais ton choix ? OK. Merci, je n'y manquerai pas. Merci beaucoup, merci infiniment, tu es vraiment un garçon très galant.

LE PATRON. – Un bourbon et des chips.
*(Il se dirige vers eux).*

LA PATRONNE, *au client du patron.* – S'il dit : « Pas dans le même verre j'espère », ne riez pas s'il vous plaît.

LE PATRON. – Pas dans le même verre j'espère ?

LA PATRONNE, *elle rit, puis dit à son client.* – Eh bien mon rossignol, voilà, et merci, encore merci.
*(Elle lui fait un clin d'œil).*

LE PATRON. – Sors et va chercher des verres pendant que ça se calme. Vas-y.

LA PATRONNE. – J'y vais, j'y vais.
*(Elle s'éxécute)*

*Il souffle. Il prend un torchon et commence à essuyer des verres.*

LE PATRON, *au public.* – C'est votre premier soir ici ? Eh bien vous vous habituerez à nous.

C'est un pub très vivant ici. Maintenant ça s'est un peu calmé, mais ça marche par vagues. Je vais pas vous demander ce que vous faites ici, je ne le fais jamais, c'est une de nos règles – peu nombreuses. Nous avons beaucoup de gens qui se rencontrent pour la première fois, vous savez, mais on a aussi une forte proportion de couples, ne pensez pas à mal. Ils arrivent ensemble ou ils finissent dans le même état. Cette femme là-bas c'est mon épouse, la garce. Je dirige cette maison pratiquement tout seul. Ça fait des années et des années qu'on est ici. En fait on s'est rencontrés devant ce pub quand on était enfants, moi et cette grosse vache. Trop jeunes pour entrer, avec nos blairs morveux, et on regardait dedans en cachette, à travers les vitres gelées. C'est ici que nous avons pris notre premier verre, que nous nous sommes plu, que nous avons fêté nos vingt ans, que nous avons célébré notre mariage, et maintenant ce bordel de pub nous appartient. C'est pour elle que j'ai fait tout ça, c'est ce qu'elle a toujours voulu. J'ai fait des réaménagements récemment, on a abattu les cloisons, tout réuni en une pièce. On circule mieux, et il y a davantage de regards qui se croisent dans une pièce pleine de monde. C'est mieux, c'est mieux pour les affaires, pour le plaisir, et puis pour la tenir à l'œil, cette pétasse folâtre. Qu'est-ce qu'elle fait avec les verres ? Je m'en jetterais bien un derrière la cravate, ce sera pour plus tard. Il faut lutter contre soi-même en permanence, pour pas tremper son museau dans le stock. C'est la dernière tentation du patron. Parce que c'est tout ce qui nous reste, à nous patrons. C'est toute notre vie, des deux côtés du bar aux deux côtés du mur, et ça s'arrête là. Des gens, des pintes, et des doses d'alcool, et puis faire rouler un bordel de tonneau. Le travail et la vie sociale qui se mélangent, un cocktail dont on ne peut plus se passer. Jusqu'à ce qu'il fasse nuit et qu'on se retrouve au lit complètement épuisés. Mais je ne me plains pas, non, non. Tant que j'entends des tas de bouches choquer contre des tas de verres, et que la caisse enregistreuse me chante son petit air. Que demander de plus quand on est débitant de boissons ?

*La vieille femme entre.*

LE PATRON. – Oh la voilà, je peux régler ma montre sur cette vieille chérie. *(Il met un verre sous la pompe)* Bonsoir mon chou, comme d'habitude ?

LA VIEILLE FEMME. – Oui s'il vous plaît, patron.

LE PATRON. – Comment va, mon chou ?

LA VIEILLE FEMME. – Plus ça change, plus c'est pareil.

LE PATRON. – Ah oui. Tiens.

LA VIEILLE FEMME. – Merci patron.

LE PATRON. – Avec plaisir, mon petit chou. *(Il s'en va)* Qu'est-ce qu'elle fait avec les verres, bordel ?

*Il sort. Elle boit à petites gorgées. Puis elle se tourne vers le public.*

LA VIEILLE FEMME. – Me voilà à la fin de la journée. Ce verre, c'est ma récompense. Il est à la maison, il ne peut pas sortir, il est complètement estropié, mon chéri. Mais il me permet d'aller prendre un verre quand c'est fini tout ça, la journée. Je suis à la retraite, mais pas vraiment, parce que maintenant il faut que je travaille deux fois plus dur pour m'occuper de lui, à lever son cul plein de merde des draps. Je lui consacre la dernière partie de ma vie, mais je ne lui en veux pas pour ça. C'est un pauvre homme tout ratatiné, et il reste à la maison, avec une pinte de bière aux herbes, bardane et pissenlit, et il regarde la télévision dans le noir. Tout ce que je fais, c'est prendre soin de lui, faire les commissions souvent, je fais les commissions avec rien. Pourtant j'aime bien faire les commissions, j'aime bien, j'aime surtout le boucher, il a du sang partout, il rit aux éclats. Et puis il est gras, gras. Gras comme de la gelée de porc. Rose. C'est à cause de son rire, et puis de cette vie énorme de boucher, à découper et à déchirer toutes ces bêtes en morceaux. C'est admirable. Moi, moi-même, je n'ai plus tellement de forces, et quand je porte mon mari dans les escaliers, je m'arrête trois fois, mes bras lâchent prise. « On va prendre une petite inspiration », je lui dis, et nous nous arrêtons, essoufflés, exténués comme des bœufs. Je regarde sa poitrine qui se soulève à toute vitesse, et je regarde la mienne qui fait pareil. Et tous nos sifflements qui font écho dans l'escalier et mes chevilles enflées, et ses yeux humides, et je me demande, au nom de Dieu et de tous les saints, pourquoi nous continuons. Chacun de nous peut compter sur l'autre, et on peut compter sur la pension, beaucoup de souvenirs quelque part, la Guiness et le sommeil nous donnent un peu de réconfort, mais à quoi ça rime enfin ? Je vous demande. Je le porte jusqu'en bas. Je le porte ensuite jusqu'en haut, mes mains sont couvertes de pisse. Sa journée, le poste de télé. Ma journée, le filet à commissions. Chez le boucher, pour un bout de maigre, je le vois qui fend toutes les bêtes avec son couteau bien aiguisé. Oh ma journée, ma vie, ma journée, mon verre ici. Lui à la maison avec la télé, dans le noir de la bardane, avec du pissenlit mort au coin de la bouche. D'ici je peux entendre grincer sa vieille poitrine, et autour de mon cou je sens ses bras de poulet, ses bras de poulet, je sens autour de mon cou ses pauvres bras de poulet. Donnez-moi une Guiness. Offrez-moi un verre. Allez chercher le boucher avec sa trousse à massacre, puis-je vous demander à tous de lever vos hachoirs s'il vous plaît et de terminer le travail, levez-les sur les couples égarés, ces pauvres cochons qui se sont accrochés si longtemps à la vie. Merci.

*Elle penche la tête comme si elle se préparait à être décapitée.*

*Les lumières surprennent Moth en train de draguer une jeune femme. Imaginaire ou prise dans le public. (Cette scène peut être jouée avec l'accent de Liverpool si l'on veut.)*

MOTH. – Tu es belle toi. Tu es fabuleusement belle toi. Regarde-toi. Tu es fantastique. Je t'aime. Je t'aime sous toutes les coutures. Oui. Tu crois que je vais trop vite n'est-ce pas. Mais c'est parce que tu ne te vois pas toi-même. Tu es juste... Je suis amoureux de toi, je ne plaisante pas. J'ai rencontré pas mal de femmes, mais toi. Revenons à toi, à ce que tu es : belle. Est-ce que tu as souri ou est-ce que quelqu'un a allumé les lumières ? Tu es belle toi. Debout, tu es l'image de la beauté. Assise aussi, d'ailleurs. Regarde comment tu es assise, comme une cover-girl voilà comment. Tu... Tu es calme pourtant, mais j'aime ça chez une femme. J'aime ça, ne te trompe pas. Tu es la beauté toi. La beauté même. Tu es merveilleuse et belle à la fois, toi. Oui t'es trop super pour cet endroit. Qu'est-ce qu'une belle fille comme toi fait dans un endroit comme ça, ou qu'est-ce qu'on dit, c'est ce qu'on dit, on s'en fout, qu'est-ce qu'on s'en fout ? Tu es une star, et tu ne le sais même pas. Tu as déjà une stature de star. Tout en toi est juste... C'est toi. La beauté de tous les temps. Tu es juste belle et c'est tout ! C'est bon, terminé, c'est ça. Parce que c'est toi la plus belle chose tombée sur cette terre. Et tu es pour moi, toi. Tu es pour moi. Y a pas à se poser de question, y a pas ! Voilà la paume de ma main, là, là. Et voilà un stylo, ton numéro, ton numéro s'il te plaît, ton numéro, ou je m'arrête de respirer.

*Maudie est entrée et lui tape sur l'épaule.*

MAUDIE. – Salut Moth.

MOTH. – Qu'est-ce que tu fais ici ?

MAUDIE. – Je suis ta foutue nana, n'est-ce pas ?

MOTH, *regardant autour de lui.* – Oui, oui, mais...

MAUDIE. – Moth. Moth, tu ne l'intéresses pas.

MOTH. – Qu'est-ce que tu en sais ?

MAUDIE. – Crois-moi je le sais. Moth, Moth tu m'aimes encore ?

MOTH. – Bien sûr que oui, allonge-les.

MAUDIE. – Non, pas cette fois.

MOTH. – Eh ?

MAUDIE. – J'ai eu une longue conversation avec des filles du bureau. Et elles m'ont ouvert les yeux une bonne fois pour toutes. Je n'accepterai pas que tu continues à te servir de moi.

MOTH. – Me servir de toi. Me servir de toi. Mais je te sers à boire, je te serre dans mes bras. Ah ! Non Maudie tu sais bien que je ne suis pas comme ça. Mais quand je suis sans un, qu'est-ce que je peux faire, je dépends de ceux qui disent qu'ils m'aiment pour m'en sortir. Et puis c'est toujours comme ça qu'on a fait.

MAUDIE. – Arrête. Arrête maintenant. N'essaye pas de me retourner comme une crêpe avec ton baratin.

MOTH. – Maudie, ma Maudie.

*Il la prend dans ses bras, l'embrasse. Elle se pâme.*

MAUDIE. – Bon, va nous chercher à boire.

MOTH, *ouvrant le sac.* – Ah le doux déclic. *(Il prend de l'argent)* Voilà j'y vais.

*Il va s'installer à l'autre extrémité du bar pour être servi.*

MAUDIE. – Oh non. Non. regardez-ça, il s'en va avec mon argent... Je me suis dit que ça n'arriverait plus, et voilà, c'est arrivé. Il faut que je trouve la force. Où ça ? *(Elle serre le poing et le redresse)* Ah voilà. Tiens ça bien serré Maudie. Bien serré Maudie.

*Moth est de retour avec deux verres. Il se heurte à quelqu'un. Une nana bien roulée.*

MOTH. – Oh pardon mon chou. Chaud devant. Tu es bien...

MAUDIE. – Moth !

MOTH. – Au revoir. Il faut que j'apporte ça à ma sœur. *(Il passe devant d'autres personnes)* Scusez-moi. *(D'autres)* Ouais ouais.
*(D'autres)* Beep beep. Et voilà Maud.

MAUDIE. – Qu'est-ce que tu... *(Son poing levé contre Moth)*

MOTH, *lui tendant son verre.* – Et voilà ta boisson préférée.

MAUDIE. – Ah tu ne te trompes jamais. Personne le fait mieux que toi. La glace, l'ombrelle.

MOTH. – Evidemment, évidemment.

*Maudie l'embrasse.*

MAUDIE. – Oh regarde, je recommence. Encore aux petits soins pour toi.

MOTH. – C'est pas grave, fais attention à pas froisser ma chemise.

*Ils boivent. Il commence à regarder autour de lui. Elle le regarde regarder autour de lui. Elle serre le poing à nouveau.*

MAUDIE. – Regarde-moi s'il te plaît. Regarde tes yeux, ils sont partout, sur chaque jupe, le long de chaque jambe, autour de chaque décolleté. Pourquoi mais pourquoi est-ce que tu cours tout le temps après les bonnes femmes !

MOTH. – Oh nous n'allons pas remettre ça, n'est-ce pas, ma violette. C'est les filles au bureau qui t'ont fait la leçon ?

MAUDIE. – Oui et non. Je ne sais pas. Je ne peux pas me rappeler, on a tellement parlé. Je veux seulement que tu arrêtes ça.

MOTH. – Mais tu sais bien que je ne peux pas m'en empêcher.

MAUDIE. – Mais tu n'as jamais le ticket avec elles.

MOTH. – Je sais.

MAUDIE. – Comme disent les filles, c'est moi qui ai toutes les cartes en main.

MOTH. – Qu'est-ce que tu veux dire ?

MAUDIE. – Je suis la seule fille sur terre qui s' intéresse à toi.

MOTH. – Bon d'accord, mais...

MAUDIE. – Moth laisse tomber tout ça et installons-nous quelque part.

MOTH. – Je ne peux pas, je l'ai toujours fait et je pense que je le ferais toujours.
*(Il regarde encore des femmes)*

MAUDIE. – Non, Moth, non... Comment est-ce que je vais te faire comprendre ça ?

MOTH, *montrant son verre vide.* – Verre après verre.

MAUDIE. – Pas question. Casse-toi Moth.

MOTH. – Allez mon chou, allonge-les. On prend quelques verres et on oublie tout ça. Tu paies, je commande.

MAUDIE. – Non.

MOTH. – Mais Maudie, ma Maudie.

MAUDIE. – Non, je ferme le robinet. On ne se servira pas de moi.

MOTH. – On se sert de toi, on se sert de toi. Si c'est comme ça que tu le sens, je peux partir tu sais.
*Il fait quelques pas vers le bar, s'arrête, regarde derrière lui, fait quelques pas vers le bar, s'arrête, regarde derrière lui.*

*Renverse un tabouret. Il le ramasse, rit pour cacher son embarras, revient vers elle en traînant la patte.*
Maudie, j'ai réfléchi, tout ce que tu m'as dit est parfaitement vrai et juste comme toujours. Je suis en train de tout perdre, mon flair, ma silhouette, et après, qu'est-ce qui vient-toi ? C'est toi que je vais perdre ?

MAUDIE, *peu affectée.* – Tu essaieras n'importe quoi n'est-ce pas, juste pour fourrer la main dans mon sac. La tactique romantique, la tactique rigolote, la tactique je me soucie de toi, la tactique je suis sympa. Ça ne finira jamais ?

MOTH. – Tu as oublié la tactique sexe.
*Elle lui donne un coup de poing, il esquive.*
Non Maudie. Tu as raison encore une fois. Qu'est-ce qu'une princesse comme toi trouve à un looser comme moi ?

MAUDIE. – Je ne sais pas. Si je sais. Tu es romantique, comme quelque chose qui se fane. J'aime ça.

MOTH, *s'approchant d'elle.* – Oh Maudie, ma Maudie.

*Elle recommence à fondre, il commence à mettre la main dans son sac. Soudain elle s'en aperçoit, elle le referme d'un coup sec sur sa main.*

MAUDIE. – Arrête !

MOTH. – Aïe Maud. Comment te prouver que je suis sincère ? Tiens, prends tout ce que j'ai, tout, tout. *(Il commence à vider ses poches frénétiquement)* Ma dernière pièce de dix pence, je vais te la donner.

MAUDIE. – Je ne veux pas de ta sale pièce.

MOTH. – Tu dis ça maintenant, tu dis ça maintenant Maud, mais tu ne sais pas comment tout ça va tourner. Je vais te donner tout ce qui me reste. Ma dernière, ultime et unique possession. *(Il fait demi-tour et glisse la pièce dans le juke-box)* Mon talent de danseur.

*On entend « Kiss » de Tom Jones. Moth danse.*

MOTH. – Parce que Maud, quoi que tu dises. Quoi que je dise, quoi que je fasse. Je suis quand même un danseur top niveau, pas vrai ?

MAUDIE. – Tu sais te remuer.

MOTH. – Je sais Maud. Je suis bien sûr de ça bordel. *(Il danse)* Je danse pour toi Maud. Pour toi seulement *(Il danse)* Allez, lève-toi et accompagne-moi.

*Elle vient vers lui, pose son sac par terre, ils dansent.*

MOTH. – Qui a tout perdu maintenant ?

*Il dit cette phrase avec beaucoup de classe.*

MAUDIE, *inquiète, gênée.* – Moth.

MOTH. – Viens ma poupée.

MAUDIE. – Moth vas-y doucement.

MOTH. – Allez. Balance-toi. Fais onduler ton dos. Ouais fais... ah ah ah oh oh ! *(Il s'arrête. Il ne peut plus bouger)*

MAUDIE. – Moth, oh mon Dieu, qu'est-ce qu'il y a ?

MOTH. – Mon dos, mon dos. A l'aide oh à l'aide.

MAUDIE. – Qu'est-ce que je peux faire ! qu'est-ce que je peux faire !

MOTH. – Va me chercher une chaise, va me chercher un gin.

MAUDIE, *palpant son dos.* – Où est-ce ? Où est-ce ?

MOTH. – Là, entre le whisky et la vodka.

MAUDIE. – Oh encore une ruse, t'es qu'une embrouille, tu es le roi de l'embrouille ! *(Elle le frappe)*

MOTH. – Non, non Maudie. Vraiment tu te trompes. C'est pour de vrai. Aargh. Aide-moi à m'asseoir.

MAUDIE. – C'est pour de vrai, cochon ?

MOTH. – Pour de vrai, pour de vrai.

MAUDIE. – Pour de vrai ?

MOTH, *approuvant de la tête.* – Argh argh.

MAUDIE. – D'accord, faisons un test.

MOTH. – Comment ça ?

*Elle sort un billet de cinq livres et le lui met sous le nez. Il essaie de l'attraper mais n'y arrive pas.*

MAUDIE, *stupéfaite.* – C'est vrai. *(Elle tourne en cercle autour de lui)* Attrapé. Enfin, après toutes ces années, Finalement j'ai réussi à épingler Moth le papillonnant. Ha !

MOTH. – Oh Maudie qu'est-ce que tu vas faire ?

MAUDIE. – Voyons, voyons un peu.

MOTH. – Ne perds pas de temps. Je suis en train de mourir, argh, de mourir.

MAUDIE. – Bon, si je t'aide, qu'est-ce que j'y gagne ?

MOTH. – Tout ce que tu veux ! Tout ce que tu veux !

MAUDIE. – Tout ce que je veux, hein ?

MOTH. – Oui, oui, argh.

MAUDIE. – OK, fais de moi une femme honnête.

MOTH. – Non, jamais, argh.

MAUDIE. – Ok, au revoir mon chou.

MOTH. – Non. Ne t'en va pas Maude s'il te plaît.

MAUDIE. – Pardon mon chou, je dois y aller, j'aimerais bien rester mais... bye. Et si l'un d'entre vous essaie de l'aider, il aura affaire à moi, et à mon sac.

*Maudie lui envoie un baiser dans un souffle en partant. Elle sort.*

MOTH. – MAUD ! Veux-tu m'épouser ?

MAUDIE, *revenant.* – Pardon ?

MOTH. – Veux-tu m'épouser ?

MAUDIE. – OUI ! OH OUOUOUOUOUOUOUI.
*Elle court vers lui et l'étreint.*

MOTH, *elle lui a fait mal au dos.* AARRRRGHHHH !

MAUDIE. – Oh pardon mon amour.

*Le serrant contre elle, elle le guide vers un tabouret.*

MOTH. – Ah a aa ah.

*Elle l'appuie contre un tabouret au bar, il est raide comme un piquet.*

MOTH. – Ah.

MAUDIE. – Oh oh. *(Elle le cajole)* Oh. *(Soudain sérieuse)* Tu parles sérieusement ?

MOTH. – Sérieusement. Sérieusement. Le célibatariât, c'est fini pour moi.

MAUDIE, *l'étreignant du mieux qu'elle peut.* – Oh Moth tu ne le regretteras pas.

MOTH. – Argh. Je sais. Je sais.

MAUDIE. – Je vais nous chercher un taxi. Tiens bon. Sois courageux. Ma petite chose fragile.

*Elle se précipite dehors.*

MOTH, *se tournant du mieux qu'il peut, vers la fille du premier rang.* – Tu es belle toi. Regarde-toi. Tu es fantastique toi.

*Noir.*

*La patronne entre par où ils sont sortis.*

LA PATRONNE, *l'appelant.* – Passe-lui la corde au cou Maudie, passe-lui la corde au cou maintenant. *(Au public)* Regardez-moi cette Maudie, aux anges et puis dans les trente-sixièmes dessous, elle devrait se méfier de ce bon à rien. Ah, je suis contente de ce moment de calme, on peut avoir une conversation durable, n'est-ce pas ? Il déteste les moments de calme, si la caisse enregistreuse ne chante pas son petit air il se met à pleurer. *(Elle se dirige vers quelqu'un)* D'accord. *(A quelqu'un d'autre)* Oui oui, je serai là dans une minute. J'aime bien cet aspect de la vie du pub, les gens. Voilà pourquoi c'est du gâteau, tant de gens qui deviennent des couples devant tes yeux. Ça me réchauffe le cœur, ça me brise le cœur. *(Elle regarde ailleurs)* Regardez Cochonnet, cette andouille. *(Elle crie)* Alors tu t'en sors avec ces cageots ?

LE PATRON, *lui crie de dehors.* – Bien sûr que je m'en sors. Va te faire enculer !

*On entend un grand fracas.*

*La patronne a un petit rire nerveux.*

LE PATRON, *dehors.* – OH MON DIEU ! MES BÉNÉFICES !

LA PATRONNE. – Je ne sais pas. Sans moi cet endroit s'écroulerait autour de ce salaud, vraiment. Je suis le cerveau de l'opération si vous préférez. Lui il n'a pas d'idée, il se démène dans toutes les directions, mais il ne sait pas diriger une affaire. C'est triste, mais c'est vrai, c'est vraiment drôle. Il vaut mieux en rire, n'est-ce pas ? C'est notre vie, ce lieu public et ceux qui viennent s'y imbiber en notre compagnie. Vie en société, non, vie de famille. Le travail, les affaires, le plaisir, tout cela qui sort du bar, et après ça, se coucher dans un lit sans amour. Pourtant je me console, en lui suçant les bénéfices à Cochonnet. Et puis sincèrement on ne s'ennuie jamais quand on travaille dans la boisson. Et on rencontre les gens les plus select. Comme cet amour de vieux là.

*Le vieil homme entre.*

LA PATRONNE. – Comment va, mon vieux ?

LE VIEIL HOMME. – Comment va, mon chou ?

LA PATRONNE. – Qu'est-ce que tu prends, une amère, une forte ?

LE VIEIL HOMME. – Une légère, s'il te plaît.

La Patronne. – Ça change pas beaucoup.

Le vieil homme. – C'est vrai Chérie.

La Patronne. – Tu sais que tu es un vieux mec adorable. Pourquoi est-ce qu'on part pas tous les deux. Tu m'enlèves d'ici en moins de deux, je dirai pas non.

Le vieil homme. – Ah ah !

La Patronne. – Tiens mon vieux. *(Elle lui tend son verre)* C'est moi qui régale.

Le vieil homme, *essayant de payer.* – Non, tiens.

La Patronne. – Non, c'est pour moi.

Le vieil homme. – Merci.

La Patronne. – Tout le plaisir est pour moi. *(Elle s'éloigne pour servir quelqu'un d'autre)* Oui mon chou. *(Elle sort)*

Le vieil homme, *il boit une gorgée.* – Comment va.

*Un temps.*
Tous ils pensent que je suis bien calme. *(Il boit une gorgée de bière)*
*Un long temps.*
Mais il y a une bonne raison à cela.
*Un temps.*
Je passe de très bons moments à l'intérieur de moi-même.

*Un temps.*
*Il sourit.*
Avec ma femme. Elle est morte, mais elle est toujours avec moi. Pas comme un fantôme ou ce genre de conneries.
*Un temps.*
C'est juste une sensation. *(Il boit une gorgée)*
Ne partez pas, je ne suis pas fou vous savez.
*Un temps.*
Parfois si la sensation ne vient pas toute seule
généralement je peux la susciter
en touchant la théière
la tasse marron
et quelque chose commence
à infuser
de présent
de doux
Comme ses cheveux de coton
*Un long temps.*
Et puis ça devient plus profond. *(Il ferme les yeux)*
*Un temps.*
Elle est là maintenant.

C'est bon.

Elle était déjà là quand je suis arrivé
Mais c'est encore mieux maintenant.
*Un temps.*
C'est comme...
*Un temps.*
Etre tenu.
C'est juste
le réconfort qu'elle me donne
Besoin de rien d'autre.

*Un temps.*
Elle est partie maintenant. *(Il ouvre les yeux)* C'est ainsi qu'on se rend visite l'un à l'autre pendant la journée. *(Il boit une gorgée)*
*Un temps.*
Et parfois nous nous immergeons si profondément l'un dans l'autre. Si profond que je peux à peine me maintenir sur ma chaise. Et je pense que c'est comme ça que je mourrai un jour. Je la suivrai, je m'évaderai avec elle quand elle partira. Quelqu'un entrera dans la maison et il trouvera ma coquille vide. *(Il rit sous cape, boit, se repose)* On vient au monde pour en sortir. C'est réconfortant, c'est bon de savoir ça. *(Il finit son verre)* Merci. *(Il s'en va)*

*La patronne entre avec un sandwich à la main.*

La Patronne. – Fromage-oignon ! *(A quelqu'un tout proche d'elle)* Tu veux bien regarder ailleurs, toi. J'ai fait ça spécialement pour... Où est-elle ? *(Elle la voit, se dirige vers elle)* Voilà mon chou, colle-toi ça dans le fusil. *(Elle prend l'argent)* Merci. *(A quelqu'un d'autre)* J'aime bien ce pantalon, on m'aurait dit que ça reviendrait à la mode ce genre-là. Je plaisantais mon chou, il est très élégant le tien.

*Le patron entre.*

Le Patron. – Et voilà la reine du bavardage.

La Patronne. – Va te faire mettre.

Le Patron. – Je sors du cellier pour rentrer sur le ring, c'est moi.

*Il frappe sur le côté du bar, passe derrière le comptoir*

LA PATRONNE, *elle passe derrière le comptoir, met l'argent dans la caisse.* – Ding, ding, larguez les amarres, pour le foutu premier round.

LE PATRON. – Est-ce que tu jetteras l'éponge un jour ?

LA PATRONNE. – Jamais.

LE PATRON, *au client.* – La même chose Jack ? *(Il place le verre sous le doseur)*

LA PATRONNE, *au client.* – Juste une, mon petit, sûr ? *(Elle atteint le doseur, leurs bras se croisent)*

LE PATRON. – Qu'est-ce que tu as ce soir ?

LA PATRONNE. – Je pense que tu le sais.

LE PATRON, *tend le verre, prend l'argent.* – Merci mon gars.

LA PATRONNE, *tend le verre, prend l'argent.* – Merci mon chou.

*Ils reviennent à la caisse et y déposent l'argent.*

LE PATRON. – Je ne sais pas ce que tu as en tête.

LA PATRONNE. – Ding, ding, deuxième round. Si tu le sais, si tu le sais.

LE PATRON. – Diriger un pub.

LA PATRONNE. – C'est ça, replie-toi dans les cordes quand les coups menacent.

LE PATRON, *il lève les yeux.* – Bordel, qu'est-ce qui s'amène là ?

LA PATRONNE. – Ding, Ding, le match est reporté.

LE PATRON. – C'est un enterrement de vie de garçon. Armez les pompes, tout le monde sur le pont, augmentez les prix, allez, on va les nettoyer. Tu t'occupes des alcools, je m'occupe des bières.

*La patronne sort sans qu'il s'en aperçoive.*

Alors gentlemen, qu'est-ce que ce sera ? *(Il écoute les commandes passées par une foule imaginaire, approuvant de la tête comme d'habitude. Puis il se répète les commandes à lui-même, à toute vitesse)* Cinq pintes de blonde, trois amères, deux whiskies, l'un avec glace, l'autre sans, un gin, un gin, un gin-tonic. Une triple tequila, une Guiness, un vin-soda, un rhum, une Budweiser, un Bloody Mary, un Black Velvet, une Beck, une Triple X, un Tiopepe, un Martini, une vodka, un demi-panaché et un brandy, un pernod, des cacahuètes, des chips, des chips, des chips, des chips, des chips, des chips, des chips, deux rhums avec Coca-Cola, un cherry et un cidre pour le fiancé. On va vous dégotter tout ça, n'est-ce pas Chérie. *(Il se retourne, découvre qu'elle est partie)* Chérie, chérie ! *(Il frappe contre le bar, sort)*

*Lumières sur Madame Iger, bras croisés, perchée sur un tabouret de bar et étirant la tête sur le long cri et les accords d'introduction de « Whole lotta love » par Led Zeppelin. La musique s'arrête brusquement. Elle parle.*

MADAME IGER. – J'aime les hommes grands. Les hommes grands, tranquilles et forts. C'est tout ce que je veux. J'aime prendre soin d'eux. J'aime bien que la grâce et l'émotion naissent sur leur passage. J'aime le temple de leurs bras, les piliers de leurs jambes, leur poitrine comme des synagogues et leurs grandes bouches, leurs grandes dents, leurs langues, grandes comme des oreilles d'éléphant. Et leurs grandes faces sculptées comme des falaises. Et on peut creuser en eux profond, n'est-ce pas ? Et il y a tellement en eux. Un homme comme Gargantua, comme l'empire romain, avec une voix qu'il utilise à peine, mais quand il parle tout haut il y a un grondement qui sort de sa cuirasse. Et leurs mains si grandes, tout est grand en eux. C'est comme dormir à l'ombre d'une montagne. Des hommes sculptés. On ressent un frisson quand on les voit courir, pour attraper un bus par exemple, leurs pieds ébranlent le trottoir. Un homme bien grand, au sang épais, dans des veines comme des tubes de métal, qui l'arrosent et le lavent entièrement. Ça doit être comme une aire de lavage, grande, rouge, caverneuse, là-dedans, en lui, avec tous ses organes et ses quartiers qui pendent du toit de ses côtes, rincés tous les jours dans un bon sang bien rouge. Ils sont tellement grands, on se dit qu'ils ne mourront jamais, et c'est pour ça aussi qu'on les désire. Des hommes forts comme des bœufs, comme Hercule, Thor, Chuck Connors, allez, amenez vos têtes et venez manger dans ma mimine. Laissez-moi vous bouchonner et vous câliner. Et vous mener en troupeaux. Oui, laissez-moi réunir tous les hommes grands qui vivent sur nos îles et les mener en troupeaux, les conduire à travers l'Amérique. Vous hommes mythiques, hommes mythiques, hommes mythiques. Hommes grands j'vous aime ouais.

*Un petit homme s'approche d'elle.*

MONSIEUR IGER. – Chéri, j'ai du mal à arriver jusqu'au bar. Tu pourrais y aller ?

MADAME IGER. – Non. Tu y retournes et tu nous rapportes à boire. Maintenant.

MONSIEUR IGER. – Je refais un essai ma chérie ?

MADAME IGER. – Non, pas un essai. Tu vas les chercher. C'est pathétique.

Monsieur Iger, *essayant de se frayer un chemin dans la foule.* – Scusez... Pardon. Aoh... Vous faites la queue... Oh... Pardon... Je peux passer... ? Non... Merci. *(Soudain il est éclaboussé)* C'est pas grave. C'est pas grave. C'est ma faute... C'est à qui, vous savez ? Je me renseigne... *(Il réussit à atteindre le bar)* S'il vous plaît, deux... Hello... Deux... Est-ce que je pourrais avoir... Scusez-moi... Je suis là, Chérie ! Ah oui, oui, est-ce que je pourrais... Quoi ? *(Il se penche en arrière et regarde)* Oh oui je pense aussi que peut-être vous étiez avant moi, c'est d'accord. Passez je vous en prie... Oh non, elle va me tuer. Nous sommes ici depuis une heure et nous n'avons encore rien bu. C'est toujours la même chose. Chérie, ma chérie à moi.

*Il découvre soudain deux verres qui n'ont pas encore été pris.*
Et ces deux-là. Je ne pourrais pas. *(Il regarde tout autour)* Je pourrais peut-être. *(Il regarde autour de lui)* Il le faut.

MONSIEUR IGER. – Et voilà Chérie.

MADAME IGER. – Enfin. *(Elle prend un verre puis recrache)* Qu'est-ce que c'est que ça, nous ne buvons pas d'alcool.

MONSIEUR IGER. – Je sais, mais c'est tout ce qu'ils avaient.

MADAME IGER. – Toi. Bon, je ne vais pas attendre encore une heure, ça ira comme ça. Mais je dois dire, je dois dire que c'est encore une couille signée Mister Rasibus. Enfin, qu'est-ce que c'est, aller chercher deux verres au bar ? Tu es un homme ou une souris ?

*Il essaye de parler.*

Squeak, squeak, voilà ma réponse. Tu devrais faire quelque chose pour ça. C'est vraiment typique des petits. Si tu étais grand, grand comme je rêve...

MONSIEUR IGER, *hystérique.* – D'accord des verres c'est ça ? Des verres. Je peux aller chercher des verres. Alors d'accord. J'y vais. Je passe à travers. *(Il bouscule les gens )* Droit à travers. Je vais les chercher, moi. Les verres. Je suis l'homme aux verres. J'étais avant tout le monde, moi. Avant tout le monde. *(A quelqu'un)* Ferme ta gueule, gros lard. Allez maintenant, des verres, des verres, des verres pour moi, pour nous, des petits et des grands...

*Comme il continue, Madame Iger arrive.*

MADAME IGER. – Excusez-moi. Laissez-moi passer. Merci.

MONSIEUR IGER. – ... Je les prends tous, les orange, les verts et les marron. Allez les verres, venez ici les verres...

*Elle lui donne une tape sur la tête, il s'arrête.*

MADAME IGER. – Bon qu'est-ce qui te prend ?

MONSIEUR IGER. – C'est des verres que tu voulais. J'étais là avant tout le monde. Des verres j'ai dit.

MADAME IGER. – Du calme.

MONSIEUR IGER. – Je suis capable de rapporter des verres. Je suis capable. Oh oui.

MADAME IGER. – Du calme.

MONSIEUR IGER. – Des verres, j'en aurai, oui.

MADAME IGER. – Du calme.

*Il redevient plus tranquille.*

MADAME IGER. – Qu'est-ce qu'il y a ?

*Il se calme.*

C'est à cause de moi, n'est-ce pas, j'ai trop parlé des hommes costauds.

*Il hoche la tête.*

Oh mon chéri, qu'est-ce que je t'ai fait, mon mignon.

*Elle passe son bras autour de lui.*

MONSIEUR IGER. – Mignon ?

MADAME IGER. – Oui. Viens ici. Mon petit homme bien tourné.

*Elle le prend dans ses bras.*

Ta taille menue est la bienvenue ici.

*Ils se séparent.*

Viens on s'en va, viens. Mon compact-mec. *(Avec entrain)* On va faire quelque chose de chouette, faire un tour, respirer un peu d'air frais.

*Ils sortent. Des coulisses :*

MONSIEUR IGER. – Chérie ?

MADAME IGER. – Oui ?

MONSIEUR IGER. – Ça veut dire que ce soir je peux dormir dans le lit ?

MADAME IGER. – N'exagère pas.

*Le patron entre en brandissant haut une bouteille.*

LE PATRON. – La voilà. La dernière. Je savais bien que j'en avais vu une à la cave. Une foutue brune « œil de bison ». Regardez-moi ça. *(Il l'ouvre)* Tenez. *(Il le donne au client)*

*La patronne entre, elle commence à servir quelqu'un dès qu'elle est entrée.*

LA PATRONNE. – Un whisky mon chou ? Ouaip. *(Elle se tourne pour le prendre)*

LE PATRON. – Eh regarde qui va se boire une brune « œil de bison ».

LA PATRONNE. – Jimmy le pourri. Eh bien. On ne t'a pas vu depuis des années.

*Elle continue à remplir des verres de whisky.*

Comment vas-tu ?

LE PATRON ET LA PATRONNE. – Oh nous on va bien.

LA PATRONNE. – Moi oui je vais bien.

*Elle se tourne pour servir un client. Puis, répondant à ce que vient de dire Jimmy :*

Hein ? *(Elle lâche le verre, il se casse. Elle ne peut plus parler)* Tu ne sais pas ?

LE PATRON, *rapidement.* – Eh Jimmy, viens par ici mon gars. De ce côté. Allez. *(Il le conduit en coulisses)* Tu te rappelles les vieux potes, n'est-ce pas ? *(En coulisses.)* Eh regardez ce que la providence nous ramène.

LA PATRONNE, *à son client.* – Pardon mon chou.

*Elle leur sert un autre whisky. Elle prend l'argent.*

Merci, merci.

*Elle le dépose dans la caisse.*

*La patronne pousse le verre brisé sous le bar.*

*Le patron entre.*

LE PATRON. – Ne fais pas ça.

*Il se baisse pour ramasser le verre.*

LA PATRONNE. – Pourquoi ? Je croyais que tu aimais bien que les choses restent cachées.

LE PATRON. – Comprends pas ce que tu veux dire.

LA PATRONNE. – Tu comprends très bien.

*Le patron se détourne, commence à faire autre chose.*

LA PATRONNE. – C'est drôle que quelqu'un en parle, surtout ce soir. Tu ne trouves pas ?

LE PATRON, *ramassant une bouteille vide sur le bar.* – T'imagines, trouver une foutue brune « œil de bison », hein ?

LA PATRONNE. – Tu ne trouves pas ?

LE PATRON. – Je garde la vide comme témoin.

*Il la pose sur un rayon. Elle la prend et la met à la poubelle.*

LA PATRONNE. – Il y a déjà deux témoins vides derrière ce bar.

LE PATRON, *se tournant pour servir quelqu'un.* – Deux pintes Monsieur. Une blonde, une amère.

LA PATRONNE, *derrière lui, elle le sonde.* – Tu ne trouves pas ça drôle que quelqu'un nous le demande... Non ?

LE PATRON, *il place le verre sous le robinet pression de blonde.* – La blonde.

LA PATRONNE. – Non ? Non ?

LE PATRON, *éprouvé, il place le verre sous le robinet pression de bière amère.* – Pardon, à court d'amère. Je vais voir ça. *(Il part très vite)*

*La patronne prend le verre de blonde, le tend au client. Elle essaye le robinet de bière amère. Elle rit.*

LA PATRONNE. – Il s'est trompé. J'en étais sûre. Regardez ça. On n'est jamais à court d'amère. *(Elle remplit le verre. Elle cherche des yeux le patron)* Jamais.

*Entracte (si nécessaire).*

*Le patron entre et ramasse les verres.*

LE PATRON. – Y a du monde maintenant, hein ? Vous pouvez vous rendre compte qu'il y a du monde. C'est l'heure de pointe, des gens qui se roulent des pelles de ce côté, deux chutes ici, une bagarre, trois demandes en mariage par là, et un accouchement dans la petite salle. Et on est plutôt loin de la dernière commande ! Plutôt loin. Plutôt loin. Je dis toujours ça à peu près à cette heure-là. J'aime bien discuter le bout de gras avec les clients. Plutôt qu'ils me rentrent dans le lard, hein ? Hein ? Alors vous êtes encore là. Heureux de le voir. Continuez à boire c'est ma devise numéro un, pas de relâche tant que vous lâchez pas votre verre, c'est ma devise numéro deux. Il est temps de faire la moisson des verres. De les ramasser. Les ramasser, j'préférerais qu'ils apportent leurs propres verres. Allez, sirotez, éclusez, dégustez. *(A voix basse)* Ouais, enculés. C'est ça. Je peux prendre tes verres mon chou. Pas les verres que tu portes sur le nez. Non, remets-les. *(Se tournant vers le public)* Bordel de merde.

*Le patron croise une femme, Leslie, assise toute seule.*

LE PATRON. – Hello mon chou, où est-ce qu'il est ce soir ?

*Leslie murmure quelque chose.*

LE PATRON. – Hein ?

*Leslie murmure encore.*

LE PATRON. – Au bar.

LESLIE. – Ouais.

LE PATRON *regardant tout autour.* – On dirait que tu l'as perdu de vue. Tu ne le retrouveras pas dans cette masse. Regarde-les tous. De gentils ivrognes assoiffés. Mes préférés. Je ferai mieux de retourner au bar pour servir. *(Il regarde)* Regarde-la qui amuse la populace.

*Le patron sort.*

*Leslie regarde tout autour, puis baisse les yeux. Regarde tout autour, puis baisse les yeux.*

*Roy arrive avec les boissons.*

ROY. – Qu'est-ce qu'il faisait ?

LESLIE. – Rien, il ramassait des verres.

ROY. – Oh. Et voilà. *(Il pose les boissons. Il s'assied)* Cette patronne, c'est un numéro.

LESLIE. – Oui.

*Ils boivent. Un temps.*

LESLIE. – Qu'est-ce que tu bois ?

ROY. – Une légère.

*Elle hoche la tête. Ils restent assis en silence.*

ROY. – Dans un pub il se passe des choses plus étranges qu'à la télé. Hein ?

LESLIE. – Ouais. Est-ce que je peux juste... ?

ROY. – Bordel de merde, ton dernier esclave est mort de quoi ? Bordel de merde ! Je viens juste de m'asseoir.

LESLIE. – Non. Je voulais savoir si je pouvais aller aux toilettes.

ROY. – Evidemment que tu peux y aller. OK vas-y.

*Elle se lève.*

Mais sois pas trop longue.

*Elle commence à bouger.*

Eh, et baisse les yeux.

LESLIE. – Hein ?

ROY. – Baisse les yeux. Chaque fois que tu lèves les yeux, tu regardes les hommes toi.

LESLIE. – C'est faux.

ROY, *la montrant du doigt.* – Eh, eh, on discute pas. *(Il regarde tout autour, s'assurant que personne ne l'a écouté)* Vas-y.

*Elle sort.*

ROY, *à quelqu'un.* – Mike.
*Un temps.*
*A quelqu'un d'autre :*
Sandy.
*Un temps.*
*Elle revient et s'assied.*

ROY. – C'était pour quoi ?

LESLIE. – Hein ?

ROY. – La petite commission ou la grande commission ?

LESLIE. – La petite commission.

ROY. – T'en as mis du temps pour une petite commission.

LESLIE. – C'était occupé.

ROY. – Nom de Dieu, je parie que tu as bavardé.

LESLIE. – Non.

ROY. – Non.

LESLIE. – Non.

ROY. – Arrête de me dire « Non »
*Leslie a un mouvement de recul.*
Tu as dit quelque chose sur moi ?

LESLIE. – Non.

ROY. – De qui tu as parlé, de quelqu'un d'autre ?

LESLIE. – Non.

ROY. – Je t'ai déjà dit pour tes « non ». De qui tu parlais ?

LESLIE. – On ne s'est même pas parlé.

ROY. – Même pas parlé. Ne me la fais pas. Deux femmes dans des chiottes pour femmes qui se parlent pas. Tu me prends pour un imbécile. C'est ça ?

LESLIE. – Quoi ?

ROY. – Pour un imbécile.

LESLIE. – Je ne sais pas.

ROY. – Qu'est-ce que tu veux dire par « Je ne sais pas »?

LESLIE. – Tu m'as dit que je n'étais pas autorisée à dire non.

ROY. – Oh si je te disais de mettre la main au feu, tu le ferais ? Tu le ferais ?

*Elle secoue la tête.*

ROY. – Pourquoi pas ?

*Elle regarde ailleurs.*

Roy. – Non mais tu peux parler des hommes dans les toilettes pour femmes, n'est-ce pas mon chou, hein ?

*Elle regarde toujours ailleurs.*

Si tu ne réponds pas, ça veut dire que oui.

Leslie. – Non.

Roy. – Si tu dis non, il va arriver deux choses : une je sais que ce sera un mensonge, deux je pense à te coller une beigne.

*Leslie baisse les yeux. Il fait un signe de tête à quelqu'un au bar.*

Roy. – Alors, tu veux rester ici ou tu veux qu'on s'en aille ?

Leslie. – Mmm.

Roy. – Mon Dieu, je ne sais pas pourquoi je me donne du mal. Tu n'as pas de conversation n'est-ce pas ? N'est-ce pas ?

Leslie. – Mmm.

Roy. – Tu sais ce que j'envisage. Je ferais mieux de sortir avec un étron, un étron tout droit sorti de tes chiottes pour femmes où tu passes toute la soirée.
*Un temps.*
Tu veux des chips ?

LESLIE. – Mmm.

ROY. – Bon réveille-toi un peu, peut-être que tu en auras plus tard. Tu veux des « Flodor ».

LESLIE. – Oui.

ROY. – Bon, voilà. Réveille-toi encore un peu, et tu auras un paquet de « Flodor ».

*Un temps.*

ROY. – Ils ont fait un beau boulot ici, pas vrai ? Il a fait le plus gros tout seul, refait la petite salle et tout. Qu'est-ce qu'il y a là-bas ?

LESLIE. – Hein ?

ROY. – Qu'est-ce qu'il y a d'intéressant là-bas ?

LESLIE. – Rien. J'ai juste bougé un peu la tête, je...

ROY. – Je vois. Tu regardais les fléchettes ? Eh ?

LESLIE. – Non je...

ROY. – Quoi ?

LESLIE. – Je ne sais pas.

ROY. – Sais pas. Je sais. Tu vois ce petit connard en jean et chemise, lui, là-bas.

*Elle regarde.*

Roy. – Ok tu l'as assez vu maintenant. Je pourrais le casser en deux comme ça, sur mon genou, rien qu'avec mes mains. Le briser en deux ce petit branleur. OK ? OK ?

Leslie. – OK.

Roy. – Tu serais triste ?

Leslie. – Je ne sais pas. Je ne le connais même pas.

Roy. – Mais tu aimerais bien le connaître, n'est-ce pas ?

Leslie. – Non.

Roy. – Non. Tu es sûre ?

*Elle confirme d'un signe de tête.*

Roy. – C'est juste que ton OK m'a paru un peu triste.

Leslie. – Quel OK ?

Roy. – Ce OK que tu m'as dit avant m'a paru un peu triste. Après que j'ai dit que je le briserai en deux, le petit branleur. Celui-là.

Leslie, *perturbée*. – Oh.

*Roy la fixe un long moment.*

ROY. – Arrête de m'humilier.

LESLIE. – Je ne t'ai pas humilié.

ROY. – Je ne laisserai personne m'humilier, toi, lui ou quelqu'un d'autre.

LESLIE. – Je ne t'ai pas humilié.

ROY. – Je t'ai dit tout ça et alors je me suis senti humilié.

LESLIE. – Quoi ?

ROY. – A propos de toi et de lui, et puis ce OK, et juste après tu m'as humilié. Alors que c'était de ta faute tout ça à l'origine, je te l'ai dit, parce c'est toi qui l'as regardé.

LESLIE, *écrasée* . – Oh.

ROY. – Bon.

LESLIE. – Quoi ?

ROY. – Tu n'as pas l'intention de demander pardon ?

LESLIE. – Pardon.

ROY. – D'accord. *(Il lève son verre en direction de quelqu'un au bar)* Allez, cul sec. Ah.

*Silence.*

ROY. – Tu es bien calme. A quoi tu penses ?

LESLIE. – A rien.

ROY. – Non, non. Attends. Non. A qui tu penses ?

LESLIE, *suppliant.* – Oh Roy.

ROY. – Non, non. Quand les gens sont aussi calmes, ils pensent à quelque chose, pas vrai ?

LESLIE. – Peut-être.

ROY. – Peut-être. C'est un drôle de mot, peut-être. A la place de quoi tu dis ça. Ça veut dire que tu pensais à quelqu'un. A qui ?

LESLIE. – Je ne pensais pas à quelqu'un.

ROY. – A qui ? Si tu ne pensais pas à quelqu'un, tu aurais dit non. A qui est-ce que tu pensais ?

LESLIE. – A personne.

ROY. – Qui ? *(Il attend).* Qui ?

*Elle secoue la tête.*

ROY. – Eh, tu te souviens de ce que je t'ai dit à propos de « non ». Qui ?

*Elle baisse les yeux.*

Qui ?

*Elle baisse les yeux davantage.*

Qui ?

LESLIE, *soudain elle saute du tabouret.* – Personne. Absolument personne. Même mon cerveau ne m'appartient pas !

ROY, *embarrassé.* – Assieds-toi. Assieds-toi.

LESLIE. – Je suis toujours perdante. Je pourrais te répondre que je pensais à tous les hommes ici et que je les imaginais à poil, ou que je pensais à toi et au bébé, ça ne changera rien. Tu trouveras toujours un moyen de me torturer n'est-ce pas ? De me torturer ! De me torturer !

*Elle s'en va avec fracas.*
*Il regarde autour de lui, riant jaune, embarrassé.*
*Un temps.*
*Elle revient.*

LESLIE. – J'ai besoin de la clé de la porte d'entrée.

ROY, *gentiment.* – Eh, assieds-toi mon chou. Assieds-toi s'il te plaît.

*Elle reste debout.*

Je te demande pardon. Je comprends ce que je t'ai fait subir. Je ne sais pas pourquoi. C'est parce que je tiens à toi. Tu sais. Et puis je m'emporte. Allez, assieds-toi, s'il te plaît.

*Elle s'exécute.*

*(Doucement)* Je ne pensais pas que tu ferais ça, mon chou.

*Soudain il la gifle.*

*(Méchamment)* Et tu ne feras plus jamais ça.

*Noir instantané.*

*Le patron allant et venant derrière le bar.*

LE PATRON. – Ça tire à sa fin maintenant, ça tire à sa fin. Nous sommes au sommet de la colline et puis à la moitié de l'autre versant. En d'autres termes, la grande ruée se termine. Alors... *(Il se cherche un verre, le place sous le doseur)* Je devrais ? Je devrais pas ? Je devrais ? Je ne devrais pas ? Ou bien... *(Il met le verre sous la pompe)* Je devrais ? Je ne devrais pas ? Ou bien...

*La patronne entre et va droit au doseur, met son verre dessous. Elle tire une dose, deux, trois. Il la regarde bouche bée. Elle s'en va et s'appuie nonchalamment au bar.*

LE PATRON. – Qu'est-ce qui se passe ?

LA PATRONNE. – Où ?

LE PATRON. – Ici. Avec ton *(il imite son geste)* une, deux, trois doses. Tu crois qu'on a tout ça pour rien.

LA PATRONNE. – Oh va te faire mettre.

LE PATRON. – Tu t'en es tapé combien ce soir ?

LA PATRONNE. – Je me suis tapé trois conducteurs de camion, cinq piliers de bar, quelques voyous, et le représentant de « Chessies ».

LE PATRON. – Ça me surprend pas. Ça ne me surprend pas.

*Elle lève son verre comme pour un toast.*

LE PATRON. – Allez, combien ? Fais-moi sentir ton haleine. Vas-y.

*Il s'approche tout près d'elle, elle se détourne, il renifle.*

LA PATRONNE. – Pas trop près, on pourrait s'embrasser, un accident est si vite arrivé.

LE PATRON. – Tu es à moitié beurrée, n'est-ce pas ?

LA PATRONNE. – Plus qu'à moitié je dirais.

LE PATRON. – Bordel, c'est géant ça. Géant, bordel.

LA PATRONNE. – Oh tais-toi.

*Soudain il lui prend son verre et jette le contenu dans l'évier. D'abord elle est fâchée. Puis elle s'appuie à nouveau nonchalamment contre le bar. Elle rit.*

LE PATRON. – Je préfère faire ça, plutôt que tu le boives.

LA PATRONNE. – Oh.

LE PATRON, *regardant dans l'évier.* – Oui, je préférerais.

LA PATRONNE. – Je parie que ça t'a fait mal, comme si tu avais jeté ton propre sang aux ordures.

LE PATRON. – Tu n'en as plus rien à faire n'est-ce pas ? Au cas où tu ne l'aurais pas remarqué, nous essayons de gagner notre vie ici.

LA PATRONNE, *prenant un autre verre.* – Ça m'aide à supporter la vie ici.

*Elle va jusqu'au doseur avec son verre. Il l'arrête de la main.*

LA PATRONNE. – Lâche-moi.

LE PATRON. – Non.

LA PATRONNE. – Lâche-moi ou je crie à l'assassin.

LE PATRON. – Vas-y.

*Elle commence à ouvrir la bouche. Il la lâche. Elle va jusqu'au doseur, se sert un autre verre.*

LE PATRON. – Je m'en vais, je ne peux plus voir ça.

LA PATRONNE. – Quoi ? Moi en train de boire ou tes précieux bénéfices qui s'écoulent goutte à goutte?

*Le patron ne la regarde pas. Il s'en va.*
*Elle va boire. Mais elle n'y arrive plus. Elle repose son verre. Elle se prend la tête dans les mains.*

*Noir.*

*Fred entre et s'assied. Alice entre, en mangeant des chips, allume la T.V., s'assied à côté de lui.*

FRED. – Bon, on se prend un verre ?

ALICE. – Je ne dirais pas non.

FRED. – Bon, alors va les chercher.

ALICE. – Dès que l'émission sera finie.

FRED. – OK.

*Silence. Elle commence à regarder autour.*

FRED. – Qu'est-ce que tu fais ?

ALICE. – Je regarde tout autour.

FRED. – Tu recommences à compter les objets.

ALICE. – Non.

FRED. – Si. Tu veux retourner dans la chambre blanche, avec les portes verrouillées ?

ALICE. – Jamais de la vie.

FRED. – Alors tiens-toi un peu.

ALICE. – Je n'ai plus jamais été la même depuis la mort d'Elvis.

FRED. – Tu l'as tué.

ALICE. – Comment ?

FRED. – Tu as acheté ses disques, ce qui lui a rapporté de l'argent, pour acheter de la drogue, ce qui l'a tué.

ALICE. – Le « King » n'a jamais pris de drogue.

FRED. – Il ne prenait pas de drogues dures mais des pilules coupe-faim et tout ça, ça lui a desséché le sang, ça l'a constipé. Ça lui a bouché le cul, il est mort à cause d'un cul bouché.

ALICE. – Toute cette royauté qui s'en est allée.

FRED. – Tu es vieille et grasse.

ALICE. – Tu es exactement pareil.

*Elle regarde la télévision.*

ALICE. – Il est exactement pareil lui aussi.

FRED. – Qui ?

ALICE. – Lui là, derrière Kirk Douglas. Très gras.

FRED. – Lui aussi oui. Il ne va quand même pas monter sur ce cheval alezan, n'est-ce pas ?

ALICE. – Hors de question.

FRED. – Merde, il va le faire tu sais. Regarde un peu.

*Ils regardent.*

ALICE. – Non, ils sont sortis de l'image maintenant.

FRED. – Tu crois que c'est fini pour eux ?

ALICE. – Probablement.

FRED. – J'espère que le cheval va revenir à la fin.

ALICE. – Il ne reviendra pas.

FRED. – On s'est fait avoir.

*Silence.*

FRED. – Si j'étais à la maison je couperais ce bordel de programme.

ALICE. – Je sais que tu le ferais, c'est pour ça qu'on est venus au pub.

FRED. – C'est pas pour boire, ça sûrement. J'ai bu que deux verres.

ALICE. – Il faudra que tu restes ici jusqu'à ce qu'on soit prêts tous les deux.

FRED. – Je suis prêt.

ALICE. – Moi presque.

*Silence.*

FRED. – Bon, qu'est-ce qu'on attend, le film ou les chips ?

ALICE. – Le tout.

*Elle finit les chips : prend le paquet et le vide. Comme il ne fait pas attention, elle le gonfle et le fait éclater tout près de ses oreilles. Ils regardent autour d'eux et se mettent à rire.*

FRED. – Oh ah, n'importe quoi.

ALICE. – Hi hi.

FRED. – Ah.

*Soudain il montre du doigt l'écran de télévision.*

FRED. – Voilà l'alezan qui revient. Regarde-le au galop !

ALICE. – C'est incroyable, et le mec gras est là aussi. Ils sont partis.

FRED. – Je l'ai reconnu. Il était à l'arrière-plan dans d'autres films qu'on a vus.

ALICE. – Je me demande si on va le revoir ailleurs.

FRED. – Faut pas l'oublier, on va lui donner un nom.

ALICE. – Lequel ?

FRED. – « Gras gras ».

ALICE. – « Gras gras » quoi ?

FRED. – « Gras gras alezan ».

ALICE. – « Gras gras alezan », notre star préférée.

FRED. – Il est probablement mort maintenant, ce sont des vieux films.

ALICE. – Ah j'espère bien que non.

FRED. – Oh tu vas pas pleurer des rivières.

ALICE. – Non, je ne suis pas si triste que ça pour lui.

FRED. – Mais c'était un foutu bon figurant.

ALICE. – C'était, oui.

FRED. – J'aimerais bien essayer de faire ça.

ALICE. – Tu es trop vieux et trop gras.

FRED. – Il était vieux et gras.

ALICE. – Oui mais pas vieux et gras comme toi.

FRED. – Qu'est-ce que tu veux dire ?

ALICE. – Il était vieux et gras dans le style Ranch américain.

FRED. – Qu'est-ce que ça veut dire ?

ALICE. – Des vieux et gras, il y en a plein sur la terre, et ils sont tous différents.

FRED. – Et je suis un vieux et gras de quelle espèce ? Un vieux et gras anglais ?

ALICE. – Non, un misérable vieux, un triste gras.

FRED. – Bon, maintenant je sais. En tout cas, toi tu es vieille et grasse tout court. Vieille et grasse dans ta petite chaise.

ALICE. – On n'est pas si âgés en fait.

FRED. – Je sais, mais c'est notre gras qui nous vieillit.

*Ils regardent la télé. Le film se termine.*

FRED. – C'est fini, éteins la télé.

ALICE. – Pourquoi ?

FRED. – On l'a allumée.

ALICE. – Fais-le toi.

FRED. – Je peux pas avec mes jambes.

*Elle l'éteint. Elle revient s'asseoir.*

ALICE, *elle chante.* – Es-tu seule ce soir ?

FRED. – Bon, tu vas chercher les verres ?

ALICE, *elle chante.* – Tu me manques ce soir ?

FRED. – On va les chercher ?

ALICE, *elle chante.* – Tu regrettes qu'on se soit séparés ? *(Elle se tait)*

FRED. – Tu es repartie n'est-ce pas ?

ALICE. – C'est mes nerfs, je ne peux pas m'en empêcher.

FRED. – Allez, on rentre à la maison, écouter des disques.

ALICE. – Je pleurerai.

FRED. – J'épongerai tes larmes.

ALICE. – On se ressemble à notre façon.

FRED. – Autant qu'on peut avec notre gras.

ALICE. – On a été malheureux dans la vie mais heureux en amour.

FRED. – Oui.

ALICE. – Tu veux bien m'appeler Priscilla ce soir ?

FRED. – Oui, je veux bien. *(Un temps)* Tu m'appelleras « Gras gras alezan».

*Ils s'en vont. Noir.*

*Le patron entre.*

LE PATRON. – C'EST L'HEURE DE LA DERNIÈRE COMMANDE. ALLEZ. ALLEZ. DERNIÈRE COMMANDE. DERNIÈRE. MESDAMES ET MESSIEURS.
*Il commence à ramasser des verres.*
*(A quelqu'un dans le public)* Il a un peu abusé hein mon chou ? Regardez-moi ça. Vous allez le ramener chez lui. Vous connaissez la technique des pompiers ?

Dernière commande. Nous avons atteint le point de non-retour. C'est l'heure de la dernière commande. Allez, les gosiers à la traîne. Dernière commande au bar.

*(A quelqu'un qui s'en va)*
Bonsoir. Bon vent.
*(A une femme qui a de nombreux verres vides devant elle)*
C'est vous qui avez bu tout ça Madame ? Bordel de merde, si vous voulez revenir, vous êtes la bienvenue.
*Il les pose sur le bar.*

Y en a encore pour ceux qui en veulent encore ? Dernière commande.
*Il sort.*

*Une femme entre, un peu ivre.*

LA FEMME, *au public.* – Ils servent encore ? Il faut que je reste dans ce coin pour le moment. Je suis l' « autre femme », je suis venue là où je ne devrais pas pour regarder mon homme. Mon homme et son épouse. Je ne suis pas venue non plus incognito. Je suis venue moi-même et en personne, bordel : pompette, futée, un peu chiffonnée, je m'habille à contretemps, je ne conviens pas où je suis. Je suis la seule à garer ma voiture dans un parking désert. Je vais dans des maisons bizarres l'après-midi. J'ai encore mon maquillage à l'arrêt de bus, aux dernières heures de la nuit. Et je ne supporterai plus cela, plus du tout Monsieur. *(Elle sort une cigarette, la tripote maladroitement, la laisse tomber)* Je suis venue ici ce soir, pour qu'il puisse nous voir toutes les deux. Pas une dans un monde et l'autre dans l'autre, mais toutes les deux sous la même lumière, et qu'il choisisse. *(Sur un rythme de comptine enfantine)* La la la la la. La la la la la. Vous comprenez, c'est la dernière fois que je vais aimer. Je n'ai pas de quoi recommencer. Donc il faut que ce soit lui, ou quelque chose d'autre, mais pas un autre homme. Non, plus d'hommes. Où est cette clope ? Elle est tombée par terre. Au diable cette clope, au diable tout ça. Est-ce qu'il m'a regardée ? *(Elle tire sur son foulard, qui tombe par terre)* Oui, j'en suis sûre. Oh Doux Jésus, Doux Jésus ! Je le veux. Je vais agiter les bras et crier. Elle ne sait pas, vous savez. Je devine qu'elle ne sait pas, regardez, regardez son rire, tellement spontané, beaucoup trop spontané. Je pense. C'est comme ça qu'on vit au pays des ombres et des gestes discrets, on pense aux autres et à leurs mouvements, et j'en suis malade jusqu'à l'âme. Qu'est-ce qu'il fera ? Qu'est-ce qu'elle dira ? Est-ce qu'il viendra ? Est-ce qu'il annulera ? C'est la porte ? C'était la voiture ? Je vais oser me doucher ? Il va appeler ? Souvent ces épouses, vous savez, elles ne les veulent pas vraiment. Elles n'ont pas d'amour pour eux. Elles les rabaissent, vous savez. Mais elles ne les libèrent pas. Mon Dieu, elles ne les laissent pas libres. Moi j'aime les hommes libérés. Oh Mon Dieu, il vient de ce côté. Fais-lui face, fais-lui face. Non, tourne-toi, tourne-toi, tourne-toi. Fais-lui face. Tourne-toi. *(Elle se détourne)*

*Le patron sort de l'obscurité, ramassant des verres. Elle se tourne, ils se font face. Un temps.*

Où est-il ?

LE PATRON. – Qui, mon chou ?

LA FEMME. – Un homme et sa femme, ils venaient de ce côté.

LE PATRON. – Ils sont passés à côté de vous mon chou, et ils sont sortis.

LA FEMME. – Suivez ce couple.

*Elle se lance à leur poursuite.*

La Patronne, *des coulisses.* – Fais attention mon chou, tu m'as presque passé dessus.

La Patronne. – Qui c'était ?

Le Patron. – Elle a oublié son foulard.

La Patronne. – Bon, rapporte-lui vite à moins que tu veuilles le porter.

*Le patron le prend et sort.*
*La patronne commence à ranger quelques bouteilles, des verres.*

La Patronne, *à quelqu'un qui s'en va.* – Bonne nuit. Ouais, salut. Fais-le si tu oses. Au revoir. *(A quelqu'un d'autre)* Un pour la route, c'est ça ? Dacodac. Et voilà mon chou, merci. *(A quelqu'un à la porte)* Bonne nuit.

*Elle se retourne et reste interdite : un petit garçon est là.*

Le petit garçon. – Est-ce que mon papa est là ?

La Patronne. – Qu'est-ce que tu dis, mon petit chou ?

Le petit garçon. – Est-ce que mon papa est là ?

La Patronne. – Je ne sais pas mon chou, tu veux monter là-dessus et voir si tu peux le voir.

*Le petit garçon fait oui de la tête. La patronne le fait monter sur le comptoir.*

La Patronne. – Tu peux le voir ?

*Le petit garçon secoue la tête.*

LA PATRONNE. – Comment il s'appelle ?

LE PETIT GARÇON. – Frank.

LA PATRONNE. – C'est Frank Leigh ?

*Le petit garçon fait oui de la tête.*

LA PATRONNE. – Oh il est parti mon chou, il est sorti d'ici y a un moment.

*Le petit garçon hoche la tête en entendant ces mots, puis commence à pleurer toutes les larmes de son corps.*

LA PATRONNE. – Oh mon chéri, allons mon chou, ne pleure pas, hein ?

LE PETIT GARÇON. – Je veux mon papa.

LA PATRONNE. – Je sais que tu le veux mon chou. Je sais. Où est-ce que tu étais ?

LE PETIT GARÇON, *en sanglots.* – Il m'a laissé dehors avec un soda et des chips et il m'a oublié.

*Il recommence à pleurer.*

LA PATRONNE, *l'embrassant pour le consoler.* – Alors, alors hein.

LE PETIT GARÇON. – Je veux mon papa.

LA PATRONNE. – Ne t'inquiète pas, il reviendra. Ecoute maintenant, écoute. Ta maman est à la maison ?

LE PETIT GARÇON. – Non, elle est à l'hôpital.

LA PATRONNE. – Bon, je vais te dire, s'il n'est pas de retour bientôt, nous irons le chercher, n'est-ce pas ? Qu'est-ce que tu en dis, hein ?

*Il semble s'être calmé. Puis il se remet soudain à pleurer.*

LA PATRONNE. – D'accord mon chou. Eh, eh, allez maintenant. J'ai une idée, on va manger des chips en l'attendant hein ?
*Il hoche la tête.*
OK. *(Elle passe derrière le bar)* Voyons un peu ce qu'il y a. *(Soudain elle regarde au loin, au-delà de l'enfant)* Regarde qui je vois. Regarde qui est revenu. *(Elle regarde vers la porte).*

LE PETIT GARÇON, *il regarde.* – PAPA ! *(Il essaye de sauter du comptoir, n'y arrive pas)*

*La patronne l'aide à descendre, il se met à détaler.*

LA PATRONNE. – Eh, eh. Tu oublies quelque chose.

*Elle lui donne les chips. Puis elle lui prend le visage entre ses mains et lui embrasse le front, s'attardant. Elle le regarde et l'enfant lui rend son regard. Puis soudain elle refait le tour du bar.*

Va t'en maintenant. Allez ouste.

*Il court vers son père. Elle le regarde s'en aller. Puis elle passe derrière le bar. Elle se sert un verre.*

LE PATRON, *entre, s'adressant à quelqu'un dehors.* – Eh Frank, qu'est-ce que je t'ai dit à propos des enfants ici ?
*Aux clients :*
Est-ce que vous pourriez finir votre verre. Merci.
*A la patronne :*
Tu veux bien recouvrir les robinets mon chou.

*Elle se détourne.*

*(Il prend un autre verre)* Merci. (*Le lève devant ses yeux pour l'examiner, le retourne vers le bas, il est complètement vide*) Vous avez aimé celui-là, n'est-ce pas ? Bordel de merde. OK salut. 'Nuit. Est-ce qu'on peut récupérer vos verres. Merci. Salut. Dormez bien.

LA PATRONNE. – Salut mon chou.

LE PATRON. – Bon, ça y est. Encore une de passée. Tu veux bien fermer les verrous ? Qu'est-ce que tu as ? Oh je vais le faire moi-même.

*Il sort, on entend le bruit des verrous.*

*Il revient.*

LE PATRON. – Allez.
(*Il se met sérieusement à l'ouvrage, s'occupe des verres)*

LA PATRONNE. – Tu as vu ce petit garçon ?

LE PATRON. – Oui je l'ai vu. *(Il continue à travailler)*

LA PATRONNE. – Tu sais quel jour on est aujourd'hui?

LE PATRON. – Ouais, encore un jour de boulot. Allez, passe-moi les verres.

LA PATRONNE. – OK. *(Elle étend le bras au-dessus du comptoir et s'avance, tous les verres s'écrasent au sol)*

LE PATRON. – Qu'est-ce que tu fais ? Oh Doux Jésus !

*Ils se regardent fixement.*

LA PATRONNE. – Tu veux que je nettoie l'autre côté maintenant ?

*Elle se prépare à le faire. Il la saisit par le bras.*

LA PATRONNE. – Vas-y. Frappe-moi. Mais frappe-moi fort.

*Le patron la laisse partir. Il retourne travailler.*

LE PATRON. – Je sais quel jour on est.

LA PATRONNE. – Hein ?

LE PATRON. – J'ai dit : je sais quel jour on est. Tu crois que je suis cinglé ?

*Il s'arrête de travailler. Baisse les yeux vers l'évier comme s'il allait être malade.*

LA PATRONNE. – Ça m'en a tout l'air.

*Le patron prend un verre, va au doseur, tire deux doses.*

LA PATRONNE. – Ne fais pas ça.

LE PATRON. – Pourquoi pas ? Tu le fais bien toi.

LA PATRONNE. – Moi je peux m'arrêter. Oh vas-y, qu'est-ce que ça peut me faire ?

LE PATRON. – Là je m'y retrouve. C'est plus dans la note. Je m'inquiétais un peu, j'avais entendu comme une pointe de souci. *(Il boit. Continue à travailler)* Allez.

LA PATRONNE. – Hein ?

LE PATRON. – Mettons-nous au travail.

LA PATRONNE. – Alors c'est ça. Tu penses qu'on peut recommencer. Une petite explosion, deux petites explosions, on prend un verre, on continue.

LE PATRON. – Eh, *(Il travaille)*

LA PATRONNE. – C'est la même chose depuis des années et des années. Chaque fois qu'on essaie d'en parler.

LE PATRON. – Je ne vois pas ce que tu as en tête.

LA PATRONNE. – Tu vois très bien.

LE PATRON. – Ecoute, une autre fois hein ?

LA PATRONNE. – Non. Cette nuit ça ne marchera pas. Pas d'échappatoire. Je veux parler de ces choses.

LE PATRON. – Et moi non, OK ?

LA PATRONNE. – Tu es un salaud. Comment est-ce que je vais faire sortir tout ça ? Comment est-ce que je vais le faire sortir ? Personne qui m'aime assez pour ça, qui me fasse assez de mal pour ça. Juste un homme vide.

LE PATRON. – Dur.

*Elle commence à renverser des verres au hasard.*

LE PATRON. – Ne fais pas de mal à mon pub !

*Elle commence à rire.*

LA PATRONNE. – Ce n'est pas une personne tu sais.

LE PATRON. – Je sais. Mais c'est ça le plus triste. Je n'ai plus que ça pour me faire du souci.

LA PATRONNE. – Oh Chéri.

LE PATRON. – Je te hais.

LA PATRONNE. – Je te hais plus fort.

LE PATRON. – Si c'est le cas, pour les quelques précieuses heures de loisir qui nous restent, pourquoi faut-il qu'on les gâche à rester ensemble ?

LA PATRONNE. – Parce qu'il y a sept ans notre fils est mort.

*On frappe à la porte. Il y va.*

LE PATRON, *en coulisses.* – Non, c'est fermé. Non, on fait pas à emporter. Non.

*Il referme. Il revient. Il continue à ranger.*

LA PATRONNE. – Je ne me sens pas bien. C'est la première fois que je dis ça depuis bientôt des années. Dans ma bouche ça a l'air idiot, pourquoi ? *(Elle lève les yeux, il n'écoute pas)* Tu ne m'écoutes pas ?

LE PATRON. – Bon. *(Un temps, il nettoie)* Il faut continuer. *(Un temps, il nettoie)* Tu le sais aussi bien que moi.

*Elle se met à crier soudain, un cri perçant et fort.*

*Il se tourne vers elle, il ne fait pas un geste vers elle, il se contente de la regarder jusqu'à ce qu'elle ait fini.*

*Alors elle lève les yeux vers lui, comme un animal blessé.*

LA PATRONNE. – Je ne peux plus supporter ça ! La condamnation me fait mal, elle me brûle tellement fort.

LE PATRON. – Je ne t'ai jamais condamnée.

La Patronne. – Menteur.

Le Patron. – Je ne t'ai jamais condamnée, d'accord ?

La Patronne. – Qui as-tu condamné, toi-même ?

Le Patron. – Non.

La Patronne. – Qui as-tu condamné, lui ?

Le Patron. – Ne dis pas des choses comme ça !

La Patronne. – Quoi, laisse-le hors de tout ça, comme s'il n'avait jamais existé, c'est ce que tu dis ?

Le Patron. – Arrête. Arrête cette saleté !

La Patronne. – Quoi ?... Tu es fou.

Le Patron, *retournant au travail.* – Laisse les morts.

La Patronne. – Mon Dieu, tu es pire que moi.

Le Patron. – Je ne suis pire que personne, laisse-le tranquille, hein ?

La Patronne. – Ecoute nous devons faire sortir ça pour rester sains d'esprit.

Le Patron. – Tu t'inquiètes, moi ça va très bien.

La Patronne. – Ça nous a minés.

Le Patron. – Bon, alors à quoi ça sert ?

LA PATRONNE. – Tu es un salaud, froid et absent.

LE PATRON. – Ouais.

*Elle lève un verre contre lui. Il se tourne vers elle, lève le menton.*

LE PATRON. – Vas-y, casse-le et plante-le là où c'est tendre. Allez. *(Il attend)* Tu en as envie et moi ça m'est égal.

*Elle lâche le verre.*

LA PATRONNE. – On en est là ?

*Elle s'éloigne.*

*Il reste dans cette position, menton levé.*

*Elle revient. Elle le regarde qui reste comme ça.*

*Toujours dans cette posture, comme une statue, il parle. Yeux fermés.*

LE PATRON. – J'aimais quand nous nous aimions. Quand tous nous nous aimions. Lui et... Quand nous étions... Toi et moi, quand on se chamaillait, c'était toujours très drôle, tout en surface, mais c'était l'amour qui nous soutenait. Maintenant c'est de la haine. De la haine pour sûr.
*Silence. Le patron ouvre les yeux.*
Je le vois tous les jours.
Mon fils.
*Un temps.*

Je me rappelle quand il pouvait...
Sortir les cageots comme son père.
Il croyait qu'il pouvait le faire, n'est-ce pas ?
Je le vois ici comme...
En pyjama.
La nuit ses cheveux étaient toujours... *(Il touche sa propre tête)* Il fouinait dans le pub. Tu criais, mais je le laissais toujours entrer, je le soulevais et je le déposais sur le comptoir.
Oh mon Dieu, comment on fait pour mourir quand on a sept ans.
Il se cache les yeux.
*Un temps.*
Quand c'est arrivé il fallait que je me détourne de toi. Plus tard, j'ai pensé que je pourrais revenir vers toi, mais je n'ai pas pu. Rien n'a cicatrisé, c'est devenu plus dur, toujours plus dur, plus dur.

LA PATRONNE. – Et tu as condamné.

LE PATRON. – Non.

LA PATRONNE. – Menteur !

LE PATRON. – Non.

LA PATRONNE. – Un homme qui avait condamné. Un homme qui avait condamné stupidement.

LE PATRON. – Non.

LA PATRONNE. – Si !

LE PATRON. – Tu conduisais !

LA PATRONNE. – Oui !

LE PATRON. – Arrêtons ça.

LA PATRONNE. – Tu ne peux pas me faire ça. Il faut que ça sorte !

LE PATRON, *il secoue la tête.* – Plus de ça.

LA PATRONNE. – Si, tu auras droit à tout ça. Nous étions lancés. Des voitures derrière nous et sur les côtés. On a fait un tonneau. Je l'ai regardé, il se balançait comme une poupée de chiffons, d'avant en arrière et d'arrière en avant, sa petite bouche grande ouverte. Et puis je suis partie. Dans l'ambulance, je me rappelle des détails, des couvertures autour, du sang sur la laine. A l'hôpital, je ne me souviens de rien, juste du rouge, du noir, du rouge, du noir, comme du charbon embrasé, pendant très longtemps je n'ai fait que m'endormir et me réveiller. Quand je suis revenue à moi, j'ai su qu'il était parti. Plus tard, l'une des infirmières me l'a dit. Plus tard, tu es venu. Il y avait des fleurs partout. Tu m'as dit que tu l'avais enterré, tu m'as dit que tu ne pouvais pas garder le corps tout le temps que j'avais passé dans le coma. Mais tu l'avais fait parce que tu m'avais condamnée, je le savais.

LE PATRON. – Non.

LA PATRONNE. – Il est parti sans que je lui dise au revoir. Je ne l'ai pas vu en costume et en cravate, dans son petit cercueil. Je l'ai vu avec sa bouche grande ouverte.

LE PATRON. – Arrête.

LA PATRONNE. – Non. Non. Je ne pourrais pas dire ce qui est resté entre nous depuis l'hôpital. Mais quand je suis revenue à la maison le froid s'est installé. Un froid vraiment glacial. Et nous étions comme des étrangers à l'étage au-dessus. Et nous avons été des étrangers l'un pour l'autre depuis ce moment.

*Il fait oui de la tête.*

*Un temps.*

LE PATRON. – Comprends s'il te plaît, je ne t'ai pas condamnée. Et je ne voulais pas te faire ça. Mais rien ne pouvait me toucher. Comprends-moi s'il te plaît. Je ne condamnais pas. J'étais devenu dur, complètement dur.

LA PATRONNE. – Pourquoi est-ce que tu ne pouvais pas me le dire ?

LE PATRON. – Je ne pouvais rien dire... Et depuis ça a été pareil. Pendant tout ce temps je n'en ai pas parlé, donc tu ne pouvais pas en parler. Je pensais à en parler, mais je savais que tu pensais le contraire. Et comme je me taisais, tu pensais que je t'avais condamnée, mais non. Tellement de douleur à l'intérieur. Solide. Dure.

LA PATRONNE. – Nous nous sommes retenus toutes ces années, malades de nos propres bras qui nous étouffaient, nous étouffaient.

*Ils se regardent. On dirait qu'ils vont s'embrasser. Mais il se tourne, prend un verre, et commence à le laver.*

LE PATRON. – Demain matin, tu apporteras sa photo et tu l'accrocheras au mur, n'est-ce pas ?

*Elle fait oui de la tête.*

*Ils commencent tous les deux à nettoyer et ranger pendant un moment, en silence.*

LA PATRONNE. – Je ferai la caisse demain.

LE PATRON. – Ouais. Je vais éteindre.

*Il éteint les lumières.*

*Dans l'obscurité.*

LE PATRON. – Je t'aime.

LA PATRONNE. – Moi aussi je t'aime.

## *CHEZ LE MÊME ÉDITEUR*

*Domaine français*

OLIVIER PY
*La Nuit au cirque*
*Les aventures de Paco Goliard*
*Théâtres*

ELIZABETH MAZEV
*Mon père qui fonctionnait par périodes culinaires*
*Les Drôles*

JEAN-LUC LAGARCE
*Music-Hall*
*Histoire d'amour (derniers chapitres)*
*Le Pays lointain*
*Les règles du savoir-vivre dans la société moderne*
*Nous, les héros*
*Du luxe et de l'impuissance*
*J'étais dans ma maison et j'attendais que la pluie vienne*
*Le Voyage à La Haye*

SUZANNE JOUBERT
*Le Funiculaire*
*La Peau de la Grande Ourse*

PASCAL RAMBERT
*De mes propres mains*
*Race*

ERIC RUF
*Du désavantage du vent*

FRÉDÉRIC LEIDGENS
*Comment te dire ?*

JACQUES REBOTIER
*Le Désordre des langages*

IRINA DALLE
*Le Chant du Tournesol*

YVES PAGÈS
*I Parapazzi*

JEAN LAMBERT-WILD
*Splendeur et lassitude du capitaine Marion Déperrier*

DOMINIQUE FÉRET
*Les yeux rouges*

Achevé d'imprimer
par Noir sur Blanc
25000 Besançon
Dépôt légal n° 12996 juin 1998

*Imprimé en France*